KB136437

Fadeaway Girl by Coles Phillips

La Gourmandise

A Night Party by George Barbier

Russet Witch by Coles Phillips

Couple by Coles Phillips

술과 장미의 나날은

노는 어린아이처럼 웃으며 지나가 버리네.

목장을 지나 닫혀 있는 문을 향해

'다시는 돌아오지 않는다'고 적힌,

전에는 없었던 그 문을 향해서.

쓸쓸한 밤 스치듯 불어오는 미풍

술과 장미와 당신과 함께한 나날들

황금빛 미소의 추억으로 나를 이끄네.

술과 장미의 나날 / 조니 머서
(Days of Wine and Roses / Johnny Mercer)

행복의 나락

The Lees of Happiness

옮긴이 **조이스 박 (박주영)**

옮긴이 조이스 박은 서강대학교 영어영문학과와 동대학원을 졸업하고 영국 맨체스터 대학교 교육대학원(CELSE)에서 TESOL을 공부한 후, 한국외국어대학교에서 TESOL 박사과정을 수료했다. 현재 인문학 및 영어교육 강연가와 한겨레 칼럼니스트로 활동하고 있다. 역서로는 J.R.R 톨킨의 『로버랜덤』, 역사에 남은 여성들의 연설 발췌문 모음집인 『그렇게 이 자리에 섰습니다』, 영어교육서인 『2가지 언어에 능통한 아이로 키우기』 등 10여권의 단행본과 『제미노와 파벨르』 등 수십 권의 그림책이 있다. 저서로는 영시 에세이 『내가 사랑한 시옷들』, 단편 소설 모음집 『페미니즘으로 쓴 옛 이야기』 (공저), 영어 학습서 『하루10분 명문 낭독』 등 10여권과 21권의 영어동화 시리즈가 있다.

행복의 나락

초판 1쇄 2021년 1월 15일
초판 6쇄 2024년 3월 1일

지은이 F. 스콧 피츠제럴드
옮긴이 조이스 박

펴낸이 박소정
펴낸곳 녹색광선
이메일 camiue76@naver.com

ISBN 979-11-965548-4-2(03840)

이 도서의 국립중앙도서관 출판예정도서목록(CIP)은 서지정보유통지원시스템 홈페이지와 국가자료공동목록시스템에서 이용하실 수 있습니다.(CIP 제어번호: 2020052699)
이 책에 사용된 사진 중 일부 저작권자를 찾지 못한 도판은 확인하는 대로 통상의 사용료를 지불하겠습니다.

행복의 나락

목차

F. Scott Fitzgerald. 1921년

무라카미 하루키는 소설 『노르웨이의 숲』에서 등장인물(나가사와 선배)의 입을 빌려 이와 같이 말한다. "위대한 개츠비를 세 번 이상 읽은 사람만이 나와 친구가 될 수 있지." 하루키는 소설 『위대한 개츠비』를 일본어로 번역해 소개할 만큼 피츠제럴드의 소설에 각별한 애정을 가지고 있었다. 그는 피츠제럴드의 문장이 워낙 섬세하고 정밀해서 번역하기 쉽지 않았지만 번역 작업 자체가 책을 숙독하는 것과도 같았다고 토로하며 다음과 같은 말을 남기기도 했다. "피츠제럴드는 한동안 나의 스승이자, 대학이자, 문학 동료였다." 그래서였을까? 소설 『노르웨이의 숲』은 주인공 와타나베가 비행기 좌석에 앉아 지금까지 살아오는 과정에서 잃어버렸던 많은 것들을 회상하면서 시작한다. 잃어버린 시간, 죽거나 떠난 사람들, 돌이킬 수 없는 추억들… 이 모든 것은 피츠제럴드가 자신의 소설들을 통해 즐겨 다루었던 주제들이다.

도날드는 환승하는 그 시간 동안 많은 것을 잃었다. 하지만, 삶의 후반전이란 삶에서 이것저것을 잃어가는 기나긴 과정이므로, 그 과정 속에서 이 정도의 경험은 어쩌면 그다지 중요한 일은 아닐 수도 있는 것이다. - 본문 P.131 비행기 환승 세 시간 전에 중에서 -

　피츠제럴드의 삶 또한, 영광의 순간에서 많은 것들을 잃어가는 과정으로 점철되어 있었다. 프린스턴 대학에 입학하고 첫사랑 지네브라 킹을 만났으나, 가난하다는 이유로 그녀에게 거절당하고 대학도 마치지 못한 채 1차 대전에 참전한다. 이후 부유하고 아름다운 젤다 세이어와 사랑에 빠지게 되지만 젤다 또한 지네브라 킹과 같은 이유로 피츠제럴드와의 약혼을 파기한다. 그러다 1920년 첫 장편 『낙원의 이편』이 큰 성공을 거두었고, 젤다 세이어와 결혼한 그는 이른 나이에 최고의 인기 작가로서 부와 명성을 누렸다. 부부는 파리로 건너가 여러 문인들과 교류하며 사교계의 유명 인사가 된다. 하지만 1930년 이후 내놓은 작품들의 연이은 실패로 피츠제럴드는 술을 지나치게 탐닉하게 되었고 알코올 중독 증세를 보인다. 사랑으로 맺어졌던 아내 젤다와의 결혼 생활도 결국 파탄에 이르렀고, 젤다는 정신병원에 입원한다. 알코올 중독으로 인한 건강상의 문제를 겪으며 그는 재기하기 위해 혼신의 힘을 다해 마지막 작품을 집필했으나, 결국 술로 인한

피츠제럴드의 소설을 영화화 한 'Last Time I Saw Paris'

심장마비가 그의 목숨을 앗아가고 만다.

살면서 아무것도 잃지 않는 사람은 존재하지 않는다. 시간은 누구에게나 공평해서 결국은 누구나 젊음을 잃어가게 마련이다. 사랑, 건강, 가족, 부, 명예와 같은 가치들이 행복이나 성취감을 동반하며 삶에 머물렀다가 사라지곤 한다. 피츠제럴드는 일찌감치 인생의 이러한 속성을 간파하였을 뿐만 아니라 탁월한 문장으로 표현해 낸 작가였다. 그가 써 내려간 수많은 단편 소설은 이러한 그의 세계관을 그대로 투영하고 있다. 본 단편집 『행복의 나락』에 수록된 다섯 작품들은 '퇴색되거나 잃어버린 것들'에 관한 이야기를 다루고 있다.

인생이 크고 작은 패배로 점철된 것이라 할지라도, 『위대한 개츠비』에서 개츠비가 바라보던 강 건너편에는 '녹색광선(green light)'이 빛나고 있었다. 피츠제럴드는 "그는 오직 녹색의 그 불빛만을 믿었다."고 썼다. 녹색 불빛은 인간을 살아가게 만드는 아름다운 꿈과도 같다. 녹색광선에서 피츠제럴드의 단편집을 출간하는 것은 어쩌면 예정된 일이었을지도 모른다.

2021년 1월 녹색광선 편집부

오, 붉은 머리 마녀

오, 붉은 머리 마녀!

1

멀린 그레인저는 문라이트 퀼 서점에서 일하고 있었다. 47번가 리츠 칼튼 호텔에서 모퉁이 하나만 돌면 되니 당신도 어쩌면 방문해봤을지도 모르겠다. 문라이트 퀼은 꽤나, 아니, 아주 로맨틱한 작은 서점이다. 전위적인 분위기에 비밀스러움이 더해진 곳으로 소문난 곳이기도 했다. 숨 막힐 듯 이국적인 진한 빨강과 오렌지색 포스터가 내부에 붙어있고, 진홍빛 공단 갓을 씌운 커다란 램프가 머리 위에서 흔들거리며 온종일 빛을 발했다. 빛을 반사하며 반짝이는 특별판 책들의 장정이 서점 안을 밝혀주고 있었다. 정말이지 감미로운 서점이었다. '문라이트 퀼'이라는 이름을 구불구불한 자수로 장식한 간판이 문 위에 붙어있었고, 진열장은 문학적인 기준에 엄격하게 부합하는 책들로 늘 가득 차 있었다. 작고 하얀 사각형 종이 위에 제목이 적힌, 진한 오렌지색 표지의 책들이었다. 그리고 무엇보다도 사향 향이 사방에서 풍겼다. 영리하며 신비로운 남자 문라이트 퀼 씨가 사방에 뿌리라고 지시한 이 향은 절반은 찰스 디킨스 시절 런던의 골동품 가게와 같은 향, 나머지 절반은 보르포루스 해협 (흑해와 마르마라 해를 연결하는 해협 - 옮긴이)의 따뜻한 해안가에 자리 잡은 커피 하우스의 향이 섞인 듯했다.

아홉 시부터 다섯 시 반까지 멀린 그레인저는 지루하기 짝이 없는 검은 옷차림의 나이 든 여성들이나 눈 밑에 다크서클이 내려앉은 청년들에게 이 작가를 좋아하는지 혹은 초판에 관심이 있는지를 물었다. 그들은 아랍인이 커버에 그려진 소설을 살까? 아니면 사우스다코다 출신 서튼 양이 영매가 되어 구술한 내용을 받아쓴 셰익스피어의 최신 소네트를 살까? 그는 콧방귀를 뀌며 생각했다. 사실 그의 취향은 후자 쪽이었지만, 문라이트 퀼의 직원으로 근무할 동안에는 환상에서 벗어난 감정가 같은 태도를 취했다.

매일 오후 다섯 시 반이 되면, 그는 앞 진열창으로 기어들어가 블라인드를 내리고 신비로운 문라이트 퀼 씨와 미스 매크레큰, 속기사 미스 매스터즈에게 작별 인사를 한 후, 캐롤라인, 그녀가 존재하는 집으로 갔다. 캐롤라인과 저녁을 같이 하는 건 절대 아니었다. 셔츠 칼라 단추가 코티지 치즈 근처에 위태롭게 널려있고 넥타이 끝은 우유 잔에 빠질 것 같이 놓인 그의 서랍장에서 캐롤라인이 그와 식사를 함께 한다는 건 말도 안 되는 일이었다. 실제로 멀린은 캐롤라인에게 같이 식사하자고 청한 적도 없었다. 그는 혼자 식사했다. 6번가에 있는 브래그도르트 식료품점에 들러 크래커 한 상자와 앤쵸비 페이스트 하나와 오렌지 몇 개 혹은 작은 소시지 절임 한 병과 약간의 포테이토 샐러드와 청량음료 한 병을 샀다. 그리고 그것들을 갈색 봉투에 담아들고 웨스트 58번가 오십 몇 번지의 자기 방으로 향했다.

캐롤라인은 좀 더 나이 많은 여인과 살고 있는 아주 젊고 명랑한 여성으로, 열아홉 살 정도로 보였다. 저녁이 되어야 존재한다는 점에서 유령과도 비슷했다. 그녀는 여섯 시경 자기 아파트에 불이 켜지면 살아났고, 오래 머무른다 해도 자정 녘에는 사라졌다. 그녀가 사는 아파트는 하얀 석재를 정면에 덧댄 건물로 센트럴 파크의 남쪽 면 건너편에 있는 좋은 집이었다. 그녀의 아파트 뒤쪽은 싱글인 멀린이 사는 원룸의 하나뿐인 창문과 마주하고 있었다.

그가 그녀를 '캐롤라인'이라고 부르는 이유는 그녀가 문라이트 퀼에 있는 어떤 책 표지에 실린 사진 속 여자와 닮았고, 그 사진

속 여자 이름이 캐롤라인이었기 때문이었다.

멀린 그레인저는 스물다섯의 마른 청년이었다. 머리는 검고 수염은 전혀 없었다. 하지만 캐롤라인은 눈부신 빛이었다. 머리카락은 적갈색 물결이 일렁이는 반짝이는 늪과 같고, 키스를 떠올리게 만드는 특징들, 다시 말해 실제 옛날 사진을 보면 기억 속 모습과 분명 다른 데도 첫사랑하면 즉시 떠오르는 그런 이미지를 지닌 모습이었다. 그녀는 보통 핑크나 블루 계열의 옷을 입었지만 최근에는 간혹 특별히 아끼는 것으로 보이는 늘씬한 블랙 가운을 걸쳤다. 그 옷을 입을 때면 벽의 한 지점을 응시하며 서 있고는 했는데, 멀린은 아마도 거기 거울이 걸려있을 거라고 생각했다. 그녀는 대개 창가의 작은 의자에 앉아있었다. 하지만 때로는 램프 옆 긴 의자에 깊숙이 기대어 종종 담배를 피우곤 했다. 팔과 손이 그리는 자세가 아주 우아하다고 멀린은 생각했다.

어느 날엔가 그녀가 창가로 와서 우아하게 선 채로 밖을 내다본 적이 있었다. 길 잃은 달이 그 이상하고 변화무쌍한 광채를 건물 사이 골목에 떨구면서, 쓰레기통과 얼기설기 널린 빨랫줄들을 인상파 그림 속 은빛 통과 거대하고 섬세한 거미줄로 둔갑시키는 마법을 부리고 있었다. 그때 멀린은 잘 보이는 곳에 앉아서 설탕과 우유를 없은 코티지 치즈를 먹고 있었다. 그는 창문 닫는 끈을 당기려고 너무 급하게 손을 뻗다가 다른 손에 들고 있던 코티지 치즈를 무릎에 떨어뜨리고 말았다. 우유는 차가웠고 설탕은 바지에 얼룩을 남겼다. 그는 그녀가 자신을 본 것이 틀림없다고 생각했다.

때로는 그녀에게 방문객들이 찾아왔다. 만찬용 정장을 빼입은 남자들이 인사를 했고, 그들은 모자를 손에 들고 코트를 팔에 걸친 채 캐롤라인에게 말을 건넸다. 그리고 정중히 몸을 굽혀 인사하고 그녀를 따라 불빛 밖으로 나갔다. 연극을 보러 가거나 춤을 추러 간 것이 분명했다. 다른 청년들도 찾아와서 자리에 앉아 담배를 피우며 캐롤라인에게 무언가 말하는 듯했다. 그녀는 작은 의자에 앉아 진지하게 그들을 바라보거나, 램프 옆 긴 의자에 기대어 있었는데, 그 모습이 너무도 사랑스럽고 싱그러워서 흠잡을 데가 없었다.

멀린은 이런 방문을 즐겼다. 그중 몇몇 남자들에게는 합격점을 주기도 했다. 다른 이들은 투덜거리며 간신히 참아줄 수 있었다. 그 중 한둘은 정말 싫었다. 특히 가장 자주 찾아오는 방문객인 검은 머리에 검은 염소 수염을 한 남자는 그 영혼까지도 시커먼 것 같았는데, 왠지 모르게 어디선가 본 듯했지만 딱히 누구인지 도저히 알아볼 수가 없었다.

그렇다고 멀린의 전 생애가 '자신이 지어낸 로맨스의 환상에 매여 있는' 상태인 것은 아니었다. '하루 중 가장 행복한 시간'이 그 순간인 것도 아니었다. 그는 결코 제때 도착해 캐롤라인을 '불쾌한 무리'들로부터 구해내는 기사 따위는 될 수가 없었다. 그녀와 결혼할 일도 없었다. 다만 이 모든 일들보다 더 기묘한 일이 일어났다. 지금 여기에 그 기묘한 일을 기록할 것이다. 어느 시월의 오후 캐롤라인이 문라이트 퀼의 그윽한 실내로 걸어 들어 온 것이다.

우중충한 오후였다. 뉴욕에서만 맛볼 수 있는, 비가 올 듯 흐려서 마치 세계가 끝나는 날처럼 느껴지는 그런 우울한 잿빛 오후였다. 바람이 거리를 따라 윙윙거리며 낡은 신문과 잡동사니들을 쓸고 다녔다. 창문마다 작은 불빛들이 새어나오고 있었다. 그 모습들이 너무나도 황량해서, 어두운 녹색과 잿빛의 천국 속에 높이 솟아 길을 잃은 마천루 꼭대기가 딱하게 느껴질 정도였고, 촌극이 끝나면 곧 모든 건물들이 카드로 만든 집처럼 무너져 내려 그 건물들을 이리저리 드나드는 수백만 명의 사람들 위에 냉소적인 먼지 더미로 쌓일 것만 같은 분위기였다.

족제비 털로 장식된 옷을 입은 한 숙녀가 회오리처럼 서점을 쓸고 간 후, 십여 권의 책을 일렬로 돌려놓느라 진열창에 서 있던 멀린 그레인저는 여러 상념들로 인해 영혼이 짓눌리고 있었다. H.G. 웰즈의 초기 소설들과 창세기, 그리고 토마스 에디슨이 삼십 년 후 맨하탄에는 크고 황량한 상점가만이 남고 거주용 주택들이 사라질 거라고 했던 말에 대해 생각하며 창 밖을 바라보고 있었다. 그가 마지막 책을 똑바로 놓고 돌아선 그 순간, 캐롤라인이 무심히 서점 안으로 걸어 들어왔다.

그녀는 경쾌하면서도 전통적인 산책용 옷차림이었다. - 이건 그가 나중에 그 순간을 반추하다가 기억해 낸 사실이다 - 격자무늬 스커트는 아코디언처럼 주름이 잡혀 있었고, 자켓은 부드럽고 밝은 황갈색이었다. 신발과 각반은 갈색이었고, 모자는 작지만 다른 색상의 테가 둘러진 디자인으로, 마치 비싸고 아름다운 캔디 박스의 뚜껑처럼 머리에 씌워져 그녀를 완성하고 있었다.

멀린은 놀라서 숨이 멎을 듯 했지만, 긴장한 채 그녀 쪽으로 다가갔다.

"안녕하세요." 그렇게 말하다 문득 멈추었다. 그가 알 수 있는 거라고는 자신의 인생에서 무언가 특별한 일이 일어날 것 같다는 사실과, 침묵과 함께 적절히 기다리며 바라보는 것 외엔 더 나은 처신은 없다는 것뿐이었다. 그 일이 일어나기 직전, 그는 일 초가 영원처럼 느껴졌다. 작은 사무실과 서점을 구분하는 유리 칸막이 너머로 편지를 읽느라 몸을 굽히고 있는 사장 문라이트 퀼의 고약한 원뿔 모양 머리가 보였다. 미스 매크레큰과 미스 매스터즈가 흘러내리는 머리카락들을 늘어뜨린 채 서류에 코를 박고 있는 모습도 보였다. 머리 위 진홍색 램프가 눈에 들어왔고, 그제서야 그는 그 램프가 서점을 얼마나 기분 좋고 로맨틱하게 만드는 지를 기쁜 마음으로 알아차렸다.

그리고 그 일이 일어났다. 아니, 일어나기 시작했다. 캐롤라인 이 쌓여 있는 시집 한 권을 집어 들더니, 그 가늘고 하얀 손가락 으로 무심히 더듬다가 갑자기 너무나 손쉽게 책을 천장 쪽으로 던졌다. 책은 진홍빛 램프 안으로 쏙 들어가 그 안에 자리를 잡 았다. 빛이 나는 공단 덮개 안쪽에 어둡게 비치는 사각형 물체가 보였다. 이런 행동이 즐거웠는지 그녀는 전염성이 강한 싱그런 웃 음을 터뜨렸고, 멀린은 자신이 그녀의 즐거움에 합류하게 되었다 는 것을 알게 되었다.

"저기서 떨어지지 않고 잘 있네요!" 그녀가 즐겁게 말했다.

"안 떨어지겠죠?"

이 상황은 두 사람 모두에게 부조리가 정점을 찍으며 반짝이 는 일처럼 느껴졌다. 둘의 웃음소리가 어우러지며 서점 안을 가 득 채웠다. 멀린은 그녀의 목소리가 풍부할 뿐만 아니라 마법으 로 가득하다는 것을 알게 되어 기뻤다.

"하나 더 던져 보세요." 그는 이내 권하고 있었다. "빨간 책으 로요."

이 말에 그녀는 더 격렬하게 웃기 시작했다. 손을 책 더미 위에 짚고 균형을 잡아야 할 정도였다.

"한 권 더 던지라고요?" 그녀는 웃음이 멈추는 중간중간 간신히 말했다. "아, 이런. 하나 더라니!"

"두 권을 던지시든가요."

"좋아요, 두 권을 던지죠. 웃음을 멈추지 않으면 숨이 막힐 것 같아요. 자 여기, 갑니다!"

그 말을 마치자마자 그녀는 빨간 책 한 권을 들어서 천장을 향해 우아한 포물선을 그리며 던졌다. 책은 램프 속으로 쏙 들어가 처음 던진 책 옆에 안착했다. 몇 분 후 둘은 누구라고도 할 것 없이 너무 웃겨서 몸을 앞뒤로 흔들며 웃고 있었다. 그러고는 둘이 마음을 합해 이 스포츠를 새롭게 재개했다. 이번에는 둘이 함께였다. 멀린은 특별 장정을 한 커다란 프랑스 고전 명작 책을 잡아서는 휘감아 던져 올렸다. 자신의 정확성에 감탄을 하며 이번에는 한 손에 베스트셀러 한 권을 쥐고 다른 한 손에는 따개비류에 대한 책을 들고는 그녀가 던지는 동안 숨을 죽이며 기다렸다. 이 장난은 곧 빨라지고 격렬해졌다. 둘은 번갈아 던졌다. 그는 그녀의 동작 하나하나가 얼마나 유연한지 지켜보았다. 때로는 한 명이 손에 잡히는 대로 가까이 있는 책을 연달아 던졌다. 3분도 안되어서 둘은 매대 위에 작은 공간을 다 비웠고, 진홍색 램프는 책으로 불룩 튀어나와 금방이라도 무너질 것 같았다.

"웃기는 농구네요." 책 한 권을 던진 후 그녀가 비웃듯 말했다.

"여고생들이나 꼴불견 체육복 반바지를 입고 할 게임이에요."

"멍청한 짓이지요." 그가 맞장구쳤다.

그녀는 책을 던질 듯하다 멈추더니 책을 원래 있던 매대 위에 돌려놓았다.

"이제야 앉을 자리가 생긴 것 같아요." 그녀가 진지하게 말했다.

꽤나 책들을 많이 치워버려서 둘이 앉고도 남을 자리가 생겨 있었다. 약간 불안한 기색으로 멀린은 문라이트 퀼 씨가 있는 파티션 쪽을 힐끔 쳐다보았다. 하지만 여전히 세 명은 열심히 일에 몰두하고 있었다. 매장에서 어떤 일이 벌어졌는지 보지 못한 것이 분명했다. 캐롤라인은 매대에 손을 짚으며 몸을 끌어올려 앉았고, 멀린도 따라 했다. 둘은 서로를 뚫어질 듯 쳐다보며 나란히 앉았다.

"당신을 만나야만 했어요." 그녀가 말문을 열었다. 갈색 눈동자에 다소 처량한 표정이 떠올랐다.

"압니다."

"지난번에 말이죠." 여자가 말을 이었다. 목소리가 약간 떨리고 있었지만 여자는 애써서 가다듬었다. "무섭더라고요. 난 당신이 서랍장을 앞에 두고 식사하는 거 싫어요. 당신이 셔츠 칼라 단추를 삼킬까봐 두려워요."

"한번은 거의 삼킬 뻔했어요." 그가 내키지 않은 듯 고백했다.

"하지만 쉽지 않은 일이에요. 제 말은, 평평한 부분, 혹은 떨어져 나온 부분은 쉽게 삼킬 수 있지만 그렇지 않은 부분은 삼키기 쉽지 않아요. 칼라 단추 하나를 통째로 삼키려면 목구멍이 특별해야 해요."

자신이 어찌나 세련되게 둘러 대는지 스스로도 놀랄 지경이었다. 말들이 생전 처음으로 사용해 달라고 함성을 지르며 달려들고 있었다. 단어들이 치밀하게 정돈된 분대와 소대로 줄지어 모여들고, 아주 깐깐한 참모들이 지휘하듯 일사불란하게 나타났다. "그래서 겁이 났던 거예요." 그녀가 말했다. "그걸 삼키려면 특별한 목구멍이 있어야 한다는 거 알아요. 그리고 그런 목구멍이 없는 것도 분명히 알아요."

그는 솔직히 고개를 끄덕였다.

"그런 목구멍 없어요. 그러려면 돈이 들어요. 불행히도 제가 가진 것보다 더 많은 돈이 들겠죠."

이렇게 말하면서도 전혀 부끄럽지 않았다. 차라리 인정해버리는 게 도리어 기뻤다. 무슨 말을 하거나 어떤 짓을 해도 그녀가 이해하지 못할 것은 없다는 것을 알았다. 그가 가난한 것도 또 가난에서 벗어나는 것도 실질적으로 불가능하다는 것조차도 이해해 줄 터였다.

캐롤라인은 손목 시계를 내려다보더니 외마디 소리를 지르며 매대에서 몸을 일으켰다.

"다섯 시가 지났어요. 몰랐네요. 다섯 시 반까지 리츠 칼튼에 가야 해요. 서둘러서 이걸 마무리하죠. 내기가 걸려있어요."

그러자고 마음을 합치자 둘은 이내 다시 장난을 시작했다. 캐롤라인은 곤충에 대한 책을 하나 잡아서 휘잉 소리가 나게 집어던졌는데 결국 그 책은 문라이트 퀼 씨가 들어앉은 유리 파티션을 깨 버렸다. 사장은 갈피를 잡지 못하는 표정으로 올려다보더니 책상에서 부서진 유리 조각들을 쓸어버리고는 계속 편지를 썼다. 미스 매크레큰은 들은 기미도 내비치지 않았고, 단지 미스 매스터즈만 놀라서 무섭다는 듯 작은 비명을 지르고는 다시 자기 일로 돌아갔다.

하지만 멀린과 캐롤라인에게는 그런 것이 중요치 않았다. 에너지를 분출하고 난장판을 벌이며 둘은 책들을 차례로 온갖 방향으로 던져 올렸다. 서너 권이 동시에 공중을 가르다가 책꽂이에 부딪히고, 벽에 걸린 액자의 유리를 깨고, 찢어지고 상한 채 바닥에 쌓이고 있었다. 누군가는 이 꼴을 보면 발길을 끊을 수도 있었다. 마침 들어오는 손님들이 없어서 다행이었다. 소음은 엄청났다. 부딪히고 휘날리고 찢어지는 소리에 이따금 유리가 짤랑거리는 소리, 두 사람이 몰아쉬는 거친 숨소리가 뒤섞였고, 둘이 통제하지 못하는 웃음보가 간헐적으로 터져 나왔다.

다섯 시 반에 캐롤라인은 마지막 책을 램프를 향해 던지며 대단원을 마무리했다. 약해진 공단 천이 무게를 견디지 못하고 하얀색과 여러 색이 뒤범벅이 된 폭죽처럼 터지면서 이미 엉망진창인 바닥으로 쏟아져 내렸다. 캐롤라인은 안도의 숨을 내쉬고 멀린 쪽으로 돌아서 손을 내밀었다.

"안녕." 딱 그렇게 말했다.

"가는 건가요?" 간다는 걸 알고 있었다. 그저 그녀를 좀 더 붙잡아 두고 한순간이라도 더 그녀의 존재에서 뿜어 나오는 눈부신 빛의 핵심을 끌어내기 위해 던진 말이었다. 그녀의 모습에서 이 어마어마한 만족감을 계속 느끼고 싶었다. 그건 마치 키스와 같았고, 그 옛날 1910년에 알았던 소녀의 모습과도 같았다. 잠시 그는 그녀의 부드러운 손을 잡고 있었다. 그녀는 미소를 짓더니 손을 빼고 그가 미처 문을 열어 주기도 전에 스스로 문을 열고 47번가를 따라 가늘게 뻗은 뿌옇고 불길한 석양 속으로 사라져 버렸다.

아름다움의 눈에는 세월의 지혜가 어떻게 보이는지 알게 된 멀린이 그때 그 자리에서 문라이트 퀼 씨가 있는 유리 파티션쪽으로 가서 그만두겠다고 말했다고 적고 싶다. 그렇게 거리로 나온 멀린은 더욱 다듬어지고 더욱 고귀하면서도 더욱 역설적인 사람이 되었다고 말하고 싶다.

하지만 진실이란 아주 진부한 법. 멀린 그레인저는 일어나서 쑥대밭이 된 서점을 훑어보았다. 엉망이 된 책들, 한때 아름다웠으나 찢어진 진홍빛 램프의 잔해들, 실내 전체에 무지갯빛으로 아롱거리는 수정같이 반짝이는 부서진 유리 입자들이 눈에 띄었다. 그는 빗자루를 집어 들고 잔해를 치우고 정리를 시작했으며 할수 있는 한 서점을 이전 상태로 되돌려 놓았다. 상하지 않은 책들도 있었지만 대부분의 책이 정도의 차이가 있을 뿐 손상되어 있었다. 몇몇 책은 뒷장이 떨어져 나갔고, 다른 책들은 여러 페이지가 뜯겨 나갔고, 또 다른 책들은 앞표지에 미묘하게 금이 가 있었다. 부주의하게 책을 다루다 교환하러 오는 이들이 알다시피 이렇게 금이 가면 팔 수가 없어져서 중고책이 되어 버린다.

그럼에도 불구하고 여섯 시가 되자 많은 것들이 복구 되었다. 그는 책들을 원래 있던 자리에 돌려 놓았고, 바닥을 쓸었고, 머리 위 램프에는 새 전구를 끼웠다. 진홍색 램프 갓은 수선이 불가능할 만큼 망가져 있어서 자기 돈으로 새 갓을 살 돈을 변제해야 한다고 생각하니 걱정이 되었다. 그리고 여섯 시, 할 수 있는 모든 일을 마친 그는 진열장으로 기어가 블라인드를 내렸다. 그가 조심조심 뒤로 물러 나올 때 문라이트 퀼 씨가 책상에서 일어나 외투를 입고 모자를 쓰더니 서점 공간으로 나오고 있었다.

그는 멀린에게 모호하게 고개를 끄덕이더니 문을 향해 걸어갔다. 문 손잡이를 잡고 멈추어서 돌아선 그가 격렬하지만 불안한 목소리로 말했다.

"그 여자가 다시 여기에 오면 품행을 조심하라고 말해요."

그러면서 문을 열었는데 그 끼익 소리에 멀린이 자그마한 소리로 "네, 사장님."하는 소리는 묻혀버렸고, 사장은 나가버렸다.

멀린은 한동안 그렇게 서있었다. 현명하게도 그는 현재로서는 단지 잠재적 미래일 뿐인 일에 대해 걱정하지 않기로 결정을 하고는, 서점의 뒤로 가서 미스 매스터즈에게 프랑스 식당 풀 펫에서 저녁을 같이 하자고 청했다. 그 식당에서는 위대한 연방 정부의 금주령에도 불구하고 누구라도 저녁에 레드 와인을 식사에 곁들일 수 있었다. 매스터즈 양은 받아들였다.

"와인을 마시면 온통 가려운데요." 그녀가 말했다.

그녀와 캐롤라인을 마음속으로 비교하면서 멀린은 웃었다. 아니, 사실은 비교하지 않았다. 어떻게 그녀와 비교한단 말인가.

2

신비하고 이국적이며 그 성정이 동양적인 문라이트 퀼 씨는 그럼에도 불구하고 결단력 있는 사람이었다. 이런 결단력으로 그는 엉망이 된 서점 경영 문제에 접근했다. 서점 전체 재고와 맞먹는 비용을 지출하는 건 사적인 이유로 취하고 싶지 않은 상황에서 지출 없이 기존의 문라이트 퀼 서점 형태로 영업을 지속하는 것은 불가능했다. 할 수 있는 일은 하나밖에 없었다. 그는 재빨리 서점을 최신 서적을 취급하는 서점에서 중고 서점으로 바꾸었다. 손상된 책들은 25퍼센트에서 50퍼센트 할인을 했고, 구불구불한 자수로 도도하게 빛났던 서점 문 위의 이름은 침침해지고 알아볼 수 없을 만큼 희미해지도록 방치했다. 형식 애호가인 사장은 심지어 조잡한 빨간 펠트로 만든 해골 모자도 두 개 구매 했다. 하나는 본인이 쓰고 다른 하나는 멀린 그레인저에게 주었다. 염소 수염도 고대 참새의 꽁지깃 모양이 되도록 길렀고, 이전의 말쑥했던 정장 대신 존경심을 자아내는 윤기 나는 알파카 소재의 차림을 했다.

사실 캐롤라인의 재난 같은 방문이 일어나고 일 년도 되지 않아서 최신 유행을 조금이라도 따라가고 있는 건 미스 매스터즈였다. 미스 매크레큰은 문라이트 퀼 씨의 족적을 좇는지 참을 수 없을만큼 촌스러워졌다.

충성심과 무기력이 뒤섞인 감정을 느끼고 있는 멀린의 복장 또한 버려진 정원 같았다. 그는 빨간 펠트 해골 모자를 자신의 과오의 상징으로 받아들였다. 뉴욕 한 고등학교의 직업훈련 과정을 졸업한 이후로 그는 늘 유행의 첨단을 걷는 젊은이였다. 옷과 머리칼과 치아와 심지어 눈썹까지도 늘 말끔하게 털어냈었고, 신지 않은 양말은 발가락과 발가락을, 뒤꿈치와 뒤꿈치를 나란히 맞추어서 서랍장의 양말 전용 서랍을 정해 거기에 정리해 넣는 유형이었다.

멀린은 이런 섬세한 정리 습관 덕에 자신이 문라이트 퀼의 빛나는 영광 속에 한자리를 차지하고 있다고 생각했다. 이 자질 덕분에 그는 고등학교에서 숨이 찰 정도로 힘들게 실기 교육을 받았지만 '물건들을 넣어두기에 좋은 서랍장'을 만들고 이것들을 누구든 필요한 이들 – 아마도 장의사일 것이다 – 에게 팔아야 하는 삶을 살지 않아도 되었다.

그럼에도 불구하고 진보적인 문라이트 퀼 씨가 복고적인 문라이트 퀼 씨로 변모하자, 멀린은 그와 함께 가라앉는 쪽을 택했다. 그래서 정장들은 공기 중에서 성긴 먼지들이 쌓이도록 내버려 두었고, 양말들은 대충 셔츠 서랍과 속옷 서랍에 처넣거나 심지어 서랍에 아예 넣지도 않게 되어 버렸다. 새로이 무신경해지면서 입지도 않은 깨끗한 옷들을 세탁소로 곧장 다시 보내는 일도 드물지 않았는데, 가난한 독신남에게서 흔히 보이는 기묘한 행태이기도 했다. 이 말은 그가 좋아하는 잡지에 있었다. 그 잡지는 잘나가는 작가들이 쓴 '한심한 가난뱅이들이 고급 셔츠를 입고 좋은 부위의 고기를 사 먹으며 저축은행에서 4퍼센트의 이자를 받는 견실한 투자대신 개인 보석들에 듬뿍 투자하는 건 도를 넘어서는 뻔뻔함'이라는 기사를 실어 충격을 불러 일으키고 있었다.

사실 신을 두려워하는 훌륭한 남자들에게 이는 필경 이상한 상태이자 유감스러운 일이기도 했다. 미국 역사상 처음으로 조지아 주 북쪽에서는 모든 흑인이 1달러 지폐를 들고 다니며 물건을 살 수 있었다. 하지만 센트 동전은 빠르게 가치가 떨어져서, 청량음료 하나를 사고 나면 거슬러 받는 푼돈이거나 무게를 재는 데에나 쓰이게 되었다. 결국 이런 소비가 처음에 그래 보였던 것만큼 그렇게 이상한 현상이 아니었을지도 모른다. 하지만 멀린 그레인저는 자신이 취한 행보가 너무나도 의아했다. 미스 매스터즈에게 거의 이끌리다시피 그 위험한 결혼 신청을 한 일이 그러했다. 더욱 기묘한 일은 그녀가 결혼을 승낙했다는 점이었다.

결혼 신청은 어느 토요일 밤 물을 탄 1달러 75센트짜리 테이블 와인을 곁들여 풀 펫에서 저녁을 먹으며 했다.

"와인을 마시면 온통 가려워져요." 미스 매스터즈가 즐겁게 떠들었다.

"맞아요." 멀린이 무심히 대답했다. 그리고 나서 한참을 침묵했다가 입을 열었다. "미스 매스터즈, 아니, 올리브, 들어 주신다면 제가 하고 싶은 말이 있어요."

(무슨 말을 하려는지 짐작하고 있었던 터라) 미스 매스터즈의 가려움증은 자기 반응에 자신이 전기 충격이라도 받은 듯 점점 더해졌다. 하지만 "좋아요, 멀린."이란 답을 할 때 어떤 내적인 동요의 기미도 없었다. 멀린은 입속에서 길잃은 공기 한 줌을 삼켰다.

"전 가난뱅이예요." 그는 마치 선언이라도 하듯 말했다. "한 푼도 없는 남자죠."

둘의 눈길이 마주쳐 얽혔다. 아쉬운 듯, 꿈을 꾸는 듯한 아름다운 눈들이었다.

"올리브." 그가 말했다. "사랑해요."

"저도 당신을 사랑해요, 멀린." 그녀가 평이하게 답했다. "우리 와인 한 병 더 마실까요?"

"네!" 심장이 질주하는 걸 느끼며 그가 말했다. "당신 말은 그러니까…."

"우리 약혼을 축하하자는 뜻이에요." 그녀가 그의 말을 용감하게 자르며 말했다. "약혼 기간이 길지 않기를 바라요."

"그럴 리가요!" 그가 주먹으로 테이블을 치며 거의 외치듯이 말했다. "영원히 지속되기 바라요!"

"뭐라고요?"

"아, 제 말은… 아, 무슨 뜻인지 알겠어요. 당신 말이 맞아요. 약혼 기간은 짧기를!" 그가 웃으며 덧붙였다. "말이 잘못 나왔어요."

와인이 나온 후 이들은 여러 문제를 깊이 의논했다.

"처음에는 작은 셋방을 얻어야 해요." 그가 말했다. "그리고… 아, 이런, 제가 사는 건물에 작은 셋방이 있어요. 큰 방 하나와 옷방 겸 작은 부엌이 있고 욕실은 같은 층에 있어요."

그녀가 기쁘게 손뼉을 쳤다. 그는 그녀가 실제로 예쁘다고 생각했다. 그러니까 얼굴의 윗부분이 예뻤고, 콧등 아래는 제멋대로였다. 그녀가 열성적으로 말을 이었다.

"돈이 생기면 그땐 호화 아파트를 얻어요. 엘리베이터도 있고 전화교환수도 있는 데로요."

"그리고 그 이후에는 시골에 집을 사고 차도 사고요."

"와, 정말 행복하겠네요. 안 그래요?"

멀린은 잠시 침묵에 잠겼다. 그는 건물 뒤쪽 4층에 있는 자기 방을 포기해야 한다는 생각을 하는 중이었다. 하지만 그건 이젠 그리 중요하지 않았다. 사실 캐롤라인이 문라이트 퀼을 방문한 후 지금까지 지난 1년 반 동안 그는 그녀를 전혀 보지 못했다. 그 방문 후 일주일 동안은 그녀의 집 불빛이 켜지지도 않았다. 건물 사이 골목에는 어둠만이 도사리고 있었다. 그러다가 마침내 불빛이 다시 켜졌을 때에는 캐롤라인과 그녀의 방문객들 대신, 한 지루한 가족이 모습을 드러냈다. 남자는 뻣뻣한 콧수염을 기르고 있었고, 풍만한 여자는 자기 엉덩이를 두드리거나 작은 장식 소품들을 이리저리 재배치하며 저녁 시간을 보냈다. 이틀 동안 이들을 지켜본 후 멀린은 블라인드를 매몰차게 내려버렸다.

아니지, 멀린은 올리브와 함께 이 세상에서 잘 살아가는 것보다 더 즐거운 일은 생각할 수가 없었다. 교외 지역에 오두막도 둘 수 있었다. 하얀 벽토로 칠하고 녹색 지붕을 얹은 그런 오두막보다는 한 급 아래가 되겠지만 파란색으로 칠한 그런 오두막은 가능했다. 오두막 주변 풀밭에는 녹슨 흙손과 망가진 녹색 벤치와 버들가지로 짠 몸체가 왼쪽으로 축 처진 유모차가 있을 것이다. 그리고 풀밭과 유모차와 오두막 주변, 그의 세계 주변에서 올리브가 팔을 벌리고 있었다. 좀 더 살이 붙은 새로운 올리브 시대의 팔들을. 그녀가 걸을 땐 과하다 싶을 정도로 얼굴 마사지를 하는 바람에 늘어진 살이 떨리겠지. 이제 수저 두 개 거리만큼 떨어진 곳에 앉은 올리브의 목소리가 들려왔다.

"오늘 이럴 줄 알았어요, 멀린. 난 알 수 있었어요."

그녀는 알 수 있었었다. 아, 갑자기 그는 그녀가 얼마나 알 수 있었던 건지 궁금했다. 그녀는 아까 세 명의 남자와 함께 들어와 옆 테이블에 앉은 여자가 캐롤라인이라는 것도 알까? 아, 그걸 알 수 있었을까? 저 남자들이 풀 펫의 레드 와인을 세 배 농축한 것보다 훨씬 센 술을 가지고 왔다는 것도 알 수 있을까?

멀린은 공기를 통해 흘러 들어오는 올리브의 집요하고 나직한 독백을 숨을 멈추고 응시했다. 마치 기억에 남을 순간에 들러붙어 달콤함을 빨아 들이는 끈질긴 꿀벌 같았다. 멀린은 옆자리에서 얼음이 짤랑거리는 소리와 네 사람이 사교적인 인사말을 주고받으며 내는 멋진 웃음소리에 귀를 기울이고 있었다. 익히 잘 아는 캐롤라인의 웃음소리가 그를 뒤흔들며 심장을 단박에 잡아채 옆 테이블로 끌고 갔다. 그의 마음이 속한 곳은 거기였다. 캐롤라인이 아주 잘 보였다. 일 년 반 동안 그녀가 조금이라도 달라졌을 거라 생각했었다. 조명 탓일까 아니면 볼이 더 갸름해진 걸까? 눈이 덜 싱그러운 건 나이가 들어서라기 보단 술 기운 때문일까? 그러나 더 이상 진홍빛 램프가 걸려있지 않은 서섬에 석양이 깃들 때 줄지어 꽂힌 책들 사이로 떠오르던 옆모습 그대로, 붉은 머리에 드리워진 음영은 여전히 보랏빛이었고 입술은 여전히 키스를 부르는 듯했다.

그녀는 술을 마시고 있었다. 세 배는 짙어진 볼의 홍조는 젊음과 와인과 좋은 화장품이 함께 연출해 낸 결과라는 걸 알 수 있었다. 왼쪽에 앉은 청년과 오른쪽에 앉은 약간 뚱뚱한 남자, 심지어는 마주 앉은 나이 든 남자도 꽤나 즐거워하고 있었다. 나이 든 남자는 세대 차가 나는 사람답게 이따금 놀라서 온화하게 비난하는 듯한 웃음소리를 냈다. 멀린은 캐롤라인이 간헐적으로 부르는 노래 가사를 알아들었다.

"조심스레 손가락을 튕겨요,
 성급하게 다리를 건너지 말고…."

뚱보 남자가 차가운 호박빛 술을 그녀의 잔에 채워주었다. 웨이터가 그 테이블에 여러 번 왔다 갔다 하면서 명랑하지만 쓸데없이 이 요리가 맛있는지 아닌지 묻는 캐롤라인을 무기력하게 힐끔거린 후 주문 비슷한 것을 간신히 받아 서둘러 사라졌다….

올리브는 멀린에게 말하고 있었다.
"그러면 언제로 할까요?" 올리브가 실망한 기색이 묻어나는 어조로 물었다. 멀린은 자신이 방금 그녀가 던진 어떤 질문에 아니라고 답했다는 걸 알았다.
"아, 앞으로 하면 되죠."
"관심 없어요?"

그녀의 질문에 깃든 처량한 신랄함에 밀린은 그녀에게 눈길을 돌렸다.

"가능하면 빨리요." 그는 놀라울 정도로 다정하게 답했다. "두 달 후, 6월에요."

"그렇게나 빨리요?" 그녀는 기쁨으로 흥분해서 숨이 찬 듯했다. "아, 네. 6월로 하는 게 좋겠어요. 기다릴 필요 없잖아요."

올리브는 두 달이면 준비하기에 너무 촉박하다는 기색을 보이기 시작했다. 나쁜 사람, 이렇게 참을성이 없어서야! 그에게 자신을 상대로 그렇게 서두르면 안 된다는 것을 보여줄 참이었다. 사실 그가 너무 갑작스레 날짜를 잡자 그와 결혼을 해야 하는 지도 헷갈렸다.

"6월요." 그가 고집스럽게 반복했다.

올리브는 한숨을 쉬고 미소를 지었다. 그리고 정말로 세련되게 새끼손가락을 다른 손가락들보다 높이 들고 커피를 마셨다. 반지를 다섯 개 사서 그 손가락에 던져 끼우고 싶다는 말도 안 되는 생각이 밀린에게 떠올랐다.

"세상에!" 그가 큰 소리로 외쳤다. 곧 그 손가락 중 하나에 반지들을 끼워주어야 할 판이었다.

그는 눈길을 오른쪽으로 돌렸다. 옆자리 네 명은 너무 소란스러워서 수석 웨이터가 다가와 그들에게 무어라 말을 한 참이었다. 캐롤라인은 격앙된 목소리로 수석 웨이터와 입씨름을 했다. 그 목소리가 너무도 젊고 맑아서 온 식당이 귀를 기울이는 듯했다. 자신의 새로운 비밀에 도취된 올리브 매스터즈를 제외하곤.

"안녕하세요?" 캐롤라인이 말했다. "어머, 잡혀 온 수석 웨이터 중 제일 잘생기셨네요. 너무 시끄럽다고요? 정말 안됐네요. 무언가 조치를 취해야겠어요. 제럴드!" 그녀가 오른쪽에 앉은 남자를 불렀다. "수석 웨이터가 너무 시끄럽다고 하는데요. 그만 떠들라고 우리에게 호소하시는데 나는 뭐라고 말할까요?"

"쉿!" 제럴드가 웃으며 항의를 했다. "쉿!" 그리고 멀린은 그가 목소리를 낮춰 덧붙이는 말을 들었다. "자본가들이 모두 화를 내겠군. 여기는 지배인들도 프랑스어를 배우는 곳이니."

캐롤라인이 갑자기 놀라더니 자세를 고쳐 앉았다.

"지배인은 어디 있어요? 그녀가 외쳤다. "나한테 지배인을 보여줘요." 이 말이 재미있었는지 캐롤라인의 일행은 모두 새롭게 웃음을 터뜨렸다. 수석 웨이터는 마지막으로 양심적인 하지만 절망적인 훈계를 하고는 프랑스 사람답게 어깨를 으쓱하더니 멀리 사라져 버렸다.

풀 펫은 모두가 알다시피 정식 요리가 항상 훌륭한 곳이다. 전통적인 의미에서 즐거운 그런 곳은 아니었다. 연기가 가득한 낮은 천장 아래에서 레드 와인을 마시고 평소보다 더 시끄럽게 많은 이야기를 하다가 돌아가는 그런 곳이다. 식당은 아홉 시 반엔 여지없이 문을 닫았고, 경찰은 뇌물을 받고 아가씨에게 줄 와인 한 병까지 덤으로 받는다. 코트룸 여직원이 받은 팁을 담당 직원에게 건네줌과 동시에 어둠이 몰려들어 작고 둥근 테이블들을 시야와 삶의 바깥으로 밀어 넣는다.

그러나 오늘 저녁 풀 펫에는 흥분이 준비되어 있었다. 저열한 종류의 흥분은 아니었다. 붉은 머리에 보랏빛 음영이 드리워진 아가씨가 테이블 위로 올라가 춤추기 시작한 것이다.

"사크레 농 드 듀! (하나님 맙소사!) 거기서 내려오세요!" 수석 웨이터가 외쳤다. "음악을 멈춰!"

하지만 연주자들은 이미 아주 크게 연주를 하고 있던 지라 그의 목소리가 안 들리는 척할 수 있었다. 한때는 그들도 젊었으므로, 어느 때보다도 크게 그리고 즐겁게 연주를 했다. 캐롤라인은 우아하게 그리고 활기차게 춤을 추었다. 얇은 핑크색 원피스가 퍼지며 물결쳤고, 연기로 가득 찬 공기 속에서 유연하고 작은 몸짓을 그리며 그녀의 팔은 빠르게 움직였다.

근처 테이블에 앉아있던 프랑스 남자들 한 무리가 박수를 보내왔고 여기에 다른 테이블들도 동참했다. 이내 식당 안은 박수 소리와 함성 소리로 가득 찼다. 식사를 하던 손님들 중 절반이 일어나 몰려들었고, 급히 호출을 받고 온 사장이 사람들이 그린 원

바깥쪽에서 알아들을 수 없는 목소리로 이 사태를 되도록 빨리 끝내라는 지시를 내리고 있었다.

"……멀린!" 올리브가 정신이 들었는지 마침내 화를 냈다. "몹쓸 여자네요. 우리 나가요, 지금요!"

푹 빠져있던 멀린이 아직 계산을 하지 않았노라 반박을 해보았다.

"괜찮아요. 5달러는 테이블 위에 두고 가요. 난 저런 여자를 경멸해요. 차마 볼 수가 없네요." 이제 올리브는 일어나서 멀린의 팔을 잡아끌고 있었다.

무기력하고 불안하게, 그리고 내키지 않음을 빤히 내보이며 멀린은 이 즐거운 소란을 헤치고 나아가는 올리브를 잠잠히 따라갔다. 분위기는 이제 최고조에 달하다 못해 잊지 못할 광란의 소동이 되어가고 있었다. 멀린은 군말 없이 코트를 찾아 받아 들고는 촉촉한 4월의 밤공기 속으로 대여섯 계단을 더듬더듬 내려갔다. 귀에는 여전히 테이블 위에서 춤추던 가벼운 발소리와 식당의 작은 세계를 꽉 채운 웃음소리가 울려 퍼지고 있었다. 둘은 묵묵히 5번가로 걸어가 버스를 탔다.

다음 날이 되어서야 올리브는 결혼식 날짜를 말했다. 날짜를 앞당겼노라고. 5월 1일에 결혼하는 게 훨씬 나을 것 같다고.

3

둘은 그렇게 결혼했다. 올리브가 어머니와 살던 아파트 샹들리에 아래에서 다소 고루한 방식으로. 결혼 후 행복이 찾아왔지만 점차 권태가 커져갔다. 책임이 멀린의 어깨에 얹어졌다. 일주일에 그는 30달러, 그녀는 20달러를 벌어야 둘이 보기 좋게 살집이 붙고 또 그런 둘의 모습을 점잖은 옷을 사 가릴 정도가 되었다.

몇 주에 걸쳐 여러 레스토랑에서 재난과 치욕을 경험한 후 둘은 식료품점에서 음식을 사는 행렬에 동참하기로 결정했다. 그는 저녁마다 브래그도르트 식료품점에 들러 감자 샐러드, 슬라이스 햄, 때로는 사치를 부려 속을 채운 토마토까지 사게 되었고, 그렇게 이전의 라이프 스타일로 돌아갔다.

그리고 나서 터덜터덜 집으로 걸어가 어두운 복도를 지나 오래되어 무늬가 지워진 구식 카펫이 깔린 무너질 것 같은 층계참 세 개를 올라갔다. 복도에서는 오래된 냄새가 났다. 1880년의 야채 냄새, 이브가 문자 그대로 아담의 갈비뼈에서 태어났다고 주장한 윌리엄 제닝스 브라이언이 윌리엄 맥킨리와 대통령 후보로 출마했던 시절 유행했던 가구 광택제 냄새, 먼지가 끼어 1온스는 족히 더 무겁게 늘어진 칸막이 커튼 냄새, 낡은 신발의 냄새 그리고 오래전에 이불 조각보로 탈바꿈한 드레스의 보풀 냄새가 났다. 이 냄새는 그를 쫓아 계단을 올라왔다. 각 층에 도달할 때마다 현 시대의 요리 냄새가 깔리며 생생해지고 두드러졌다가 다음 계단을 오르기 시작하면 죽은 세대의 사라진 악취가 되어서 사그라들곤 했다.

그렇게 문에 도달하면, 문은 외설적인 기꺼움으로 스르르 열렸고 "여보! 오늘 밤 당신에게 줄 특별 요리를 사 왔어."라고 그가 말하는 소리와 더불어 잠깐 바람을 일으키고는 닫혀버렸다.

코끝에 바람을 쐬기 위해 늘 버스를 타고 집으로 오는 올리브는 침대를 정돈하거나 물건들을 걸어 두었다. 그가 부르면 와서 눈을 뜬 채 짧은 키스를 해주었다. 그는 사다리처럼 그녀를 세워 안았다. 마치 붙잡고 있던 손을 놓으면 뻣뻣하게 뒤로 쓰러지는 균형을 못 잡는 물건인 양 그는 손으로 그녀의 팔을 잡고 있었다. 이건 신혼의 키스 (이런 쪽에 정통한 이들이 보기에는 아무리 좋게 말해도 연출된 키스를 말하며, 야한 영화를 보고 따라 하는 경향이 있다.) 시기가 지나 결혼 2년 차에 주고받는 키스였다.

그리고 저녁이 차려졌고, 저녁 후에 둘은 산책을 나가 센트럴 파크를 질러 두 블록을 걸었다. 때로는 영화를 보기도 했는데, 영화는 인내심 있게 이들 같은 사람들에게 삶은 정해져 있고, 얌전하게 제대로 된 권력자들 말에 순종하고 쾌락을 멀리하면 무언가 아주 웅장하고 용감하고 아름다운 일이 일어나는 그런 삶을 살 수 있다고 가르쳐 주었다.

3년 동안 이들의 나날은 이러했다. 그러다 변화가 생겼다. 올리브가 아이를 낳았던 것이다. 그 결과 멀린은 이제 새로운 수입이 더 필요했다. 올리브가 출산 후 꼼짝 못 한지 3주 후, 한 시간에 걸쳐 예행연습을 한 멀린은 문라이트 퀼 씨의 사무실로 들어가 꽤 거한 월급 인상을 요구했다.

"여기서 10년을 일했습니다." 그가 말했다. "열아홉 살 때부터요. 이 사업이 잘 되도록 제 최선을 다했습니다."

문라이트 퀼 씨는 생각해 보겠노라고 했다. 그리고 다음 날 아침 그는 오랫동안 계획했던 프로젝트를 실행하겠노라고 발표했다. 문라이트 퀼씨는 서점의 적극적인 운영에서 물러나 주기적으로 방문만 할 것이고, 멀린을 지배인으로 삼고 주급 50불과 사업 지분의 10분의 1을 주겠다고 했다. 멀린은 너무도 기뻤다. 퀼 씨가 말을 마쳤을 때 멀린은 뺨이 달아오르고 눈에는 눈물이 그렁그렁했다. 그는 사장의 손을 잡고는 격렬하게 흔들며 거듭 말했다.

"감사합니다. 참으로 관대하십니다. 정말 너무, 너무 감사합니다."

서점에서 10년을 성실하게 일한 후 그는 마침내 해냈다. 그 세월들을 돌아보니 이제는 이 산을 향해 올라온 길이 더 이상 걱정에 시달리며 열정을 잃어가고 꿈이 사라지던, 때로는 추하고 늘 음울했던 시절이 아니었다. 이제는 불굴의 의지력으로 단호하게 장애물을 넘어온 영광과 승리의 등정이 되었다. 그가 비참해지지 않게 막아주던 긍정적인 자기 망상은 이제 단호한 결단이 황금 옷을 입은 모양새로 보였다. 족히 대여섯 번은 직장을 그만두고 다른 길을 찾아갔을 수도 있었다. 결국은 용기가 없어서 그저 계속 머물렀을 뿐이었다. 하지만 참으로 기이하게도, 이제 그 시절은 엄청난 집념을 발휘하여 자신의 자리에서 단호하게 투쟁하여 이겨낸 시절이라고 재평가되었다.

어쨌든 이 순간에 멀린이 자신을 새로이 멋지게 여기는 걸 못마땅히 여기지 말도록 하자. 서른 살에 그는 중요한 지위에 올랐다. 그날 저녁 그는 광채를 발하며 서점을 나섰고, 주머니 속에 있던 푼돈을 긁어모아 브래그도르트 식품점에서 파는 가장 맛난 음식들을 잔뜩 사서 네 개의 종이봉투에 가득 담아들고 휘청이며 집으로 향했다. 사실 올리브는 너무 아파서 먹을 수가 없었다. 그는 속을 채운 토마토 4개를 먹느라고 영락없이 탈이 좀 나기는 했고, 음식 대부분은 얼음이 없는 아이스박스 안에서 빨리 썩어버렸다. 그래도 이 일의 기쁨이 전혀 가시지 않았다. 결혼한 후 처음으로 멀린 그레인저는 구름이 끼지 않은 청명한 하늘 아래 사는 것 같았다.

사내아이는 아서라는 이름으로 세례를 받았다. 이제 삶은 품위가 생기고, 의미가 생기고, 마침내 중심이 잡혔다. 멀린과 올리브는 자신들의 우주에서 최고는 아니지만 그 다음으로 좋은 자리 정도에 자리를 잡았다. 하지만 이들의 성품에서 잃어버린 부분은 일종의 원시적인 자존심으로 채워졌다. 전원주택은 결코 실현되지 못했지만 애스배리 파크에서 매 여름 한 달씩 보내는 휴가가 그 결핍을 채워주었다. 두 주에 걸친 멀린의 휴가 동안 이 여행은 정말로 즐거운 기운이 넘쳤다. 특히 바다로 트인 창이 있는 넓은 방에서 아기는 잠들고 멀린은 시가를 피우며 일 년에 2만 달러를 버는 사람처럼 보이려고 애쓰며 붐비는 바닷가 판자 길을 올리브와 함께 걸을 때 그랬다.

날들은 얼마나 느리게 흐르고 해들은 얼마나 빠르게 가는지 놀라면서 멀린은 서른하나, 서른둘이 되었다. 그러니까 사금을 채취할 때 씻고 걸러 거우 흰 움큼의 금을 얻듯이 거르고 걸러도 한 움큼의 젊음만 남는 그런 나이가 서둘러 왔다. 그렇게 서른다섯이 되었고, 어느 날 5번가에서 캐롤라인을 보게 되었다.

눈부시게 화창하고 꽃들이 만개한 부활절 주일이었다. 그 거리는 백합꽃과 남자들의 모닝코트들과 행복한 4월 색상의 여성용 모자들이 향연을 펼치고 있었다. 정오였다. 큰 교회들에서 사람들이 쏟아져 나오고 있었다. 성 시몬 교회, 성 힐다 교회, 에피슬 교회 등이 커다랗게 입을 열듯 문들을 열자, 웃음이 터져 나오는 것처럼 사람들이 쏟아져 나왔다. 사람들은 서로 만나 거닐며 이야기하고 기다리는 운전수들에게 하얀 꽃다발을 흔들었다.

에피슬 교회 앞에서는 오래된 관습대로 교구 위원 열두 명이 서서 한껏 장식을 한 부활절 달걀을 교인들 중 그 해 사교계에 데뷔하는 아가씨들에게 나누어 주고 있었다. 이들 주변에서는 이천 명의 아이들, 놀라울 정도로 단장을 한 부유층 아이들이 엄마들의 손끝아래 한치도 흐트러지지 않은 귀여운 고수머리에 작은 보석들처럼 빛나는 모습으로 즐겁게 춤추고 있었다. 공감 능력이 있으면 가난한 이들의 아이들을 위해서 말해야 한다고? 아, 하지만 부잣집 아이들은 깨끗하게 차려 입고, 좋은 냄새를 풍기며, 시골에서 한껏 뛰논 건강한 안색을 한데다, 무엇보다도 부드럽고 정중하게 말하지 않는가.

아서는 다섯 살이었다. 중산층 아이로, 눈에 띄지도 않고 튀지도 않았다. 그리스 조각상 같은 이목구비에서 코만 빠지는 그런 모습으로 엄마의 따뜻하고 끈적거리는 손을 꽉 잡고 있었다. 멀린은 아이의 다른 쪽 옆에 서서 집으로 가는 행렬을 따라 움직이고 있었다. 교회 두 개가 있는 53번가가 가장 붐볐다. 어쩔 수 없이 걸어가는 속도가 느려져서 어린 아서조차도 별 무리 없이 쫓아서 걸을 수가 있었다. 그때였다. 멋진 니켈 테를 두른 진홍색 쿠

페형 오픈카가 천천히 미끄러져 오더니 길가에 멈췄다. 그 차에 캐롤라인이 앉아 있었다.

캐롤라인은 허리에 난초 코르사주로 장식을 한, 연보라색 단을 두른 꽉 끼는 블랙 가운을 입고 있었다. 멀린은 놀라 그녀를 두려운 듯 응시했다. 결혼하고 8년 만에 처음으로 이 여자를 다시 보고 있었다. 하지만 더 이상 아가씨가 아니었다. 이전과 마찬가지로 늘씬했다. 소년같이 뻐기는 분위기가 있어서 오만 방자한 사춘기 소녀처럼 보이던 모습은 뺨을 발갛게 물들이던 홍조와 더불어 사라지고 없었다. 하지만 그래도 아름다웠다. 이제는 품위가 있었고, 스물아홉 살의 매력적인 주름이 언뜻 비쳤다. 그녀는 차 안에 완벽하게 어울렸고, 침착하게 앉아 있는 모습이어서 멀린은 그녀를 바라보며 숨이 가빠졌다.

갑자기 그녀가 미소 지었다. 부활절과 그 꽃들만큼 오래되었으나 친연히 빛나고, 그 어떤 때보다도 그윽한, 그러니까 9년 진 서점에서 보여주었던 첫 미소의 눈부신 광채와 무한한 약속이 배어 있지는 않는 그윽함이었지만, 환멸과 슬픔이 깃든 강철 같은 미소였다.

하지만 그 미소는 여전히 부드럽기 그지없고 매력적이라 모닝코트를 입은 청년 두 명이 허겁지겁 윤기나는 번지르르한 머리에서 실크햇을 벗고는 허둥거리며 오픈카 가장자리로 다가오게 만들기 충분했다. 인사를 건네는 그녀의 연보라 장갑이 슬쩍 청년들의 회색 장갑에 닿았다. 곧 다른 남자가 다가왔고, 두어 명이 더 다가왔다. 오픈카 주변으로 모여드는 사람의 수가 급작스레 늘어났다. 멀린은 옆의 젊은이가 아리따운 자기 일행에게 이렇게 말하는 것을 들었다.

"잠시만 양해를 구할게요. 제가 이야기를 나눠야 하는 사람이 있어서요. 곧장 걸어가고 계세요. 제가 따라잡을게요."

3분도 안 되어서 오픈카의 모든 면, 앞과 뒤와 옆은 남자들로 둘러싸였다. 남자들은 쏟아지는 말들 속에서 어떻게 해서든 캐롤라인의 주의를 끌 기발한 말을 만들어내려고 전전긍긍했다. 멀린에게는 다행스럽게도, 아서 옷의 어떤 부분이 망가지기 직전이라 올리브는 임시로 옷을 수선하기 위해 아이를 데리고 급히 어느 건물 쪽으로 가 버렸다. 그래서 멀린은 방해 없이 거리에서 열린 살롱을 볼 수가 있었다.

사람들은 더 늘어났다. 한 겹, 두 겹, 세 겹으로 차를 에워싸고 있었다. 차는 보이지 않고 그 가운데에 캐롤라인이 마치 검은 꽃다발에서 솟아오른 난초처럼 앉아서 고개를 끄덕이고 인사말을 외치며 너무도 행복하게 미소 짓고 있었다. 그 모습에 신사들은 거듭해서 아내와 동행들을 버려두고 그녀 쪽으로 다가오고 있었다.

모여든 사람은 떼를 이루면서 무슨 일인가 궁금해 하는 사람들이 더해지고 있었다. 캐롤라인을 알지도 못할 온갖 연령대의 남자들이 밀치며 다가와 계속해서 늘어나는 반경 속으로 녹아들어 갔다. 이제 연보라 옷의 숙녀는 거대한 즉흥 무대의 중심에 있었다.

그녀 주변에는 얼굴들이 가득했다. 깔끔하게 면도한 얼굴, 구레나룻을 기른 얼굴, 늙은 얼굴, 젊은 얼굴, 나이를 알 수 없는 얼굴들 틈에 한 여인의 얼굴이 있었다. 군중은 무섭게 늘어나 반대편 보도까지 닿을 정도였다. 그리고 모퉁이에 있는 성 안토니 교회의 회중석에서 쏟아져 나온 사람들이 보도를 가득 채우면서 맞은편 백만장자 집의 쇠말뚝 울타리까지 붐비고 있었다. 거리를 따라 질주하던 자동차들이 멈출 수밖에 없었고, 순식간에 군중들 가장자리에 세 대, 다섯 대, 여섯 대가 늘어섰다. 차량들 중에 상부가 무거운 거북이 같은 버스가 그 교통 체증의 일부가 되었고, 승객들은 흥분해서 지붕 가장자리로 몰려들어 모여든 사람들의 중심부를 내려다보고 있었다. 이제 중심부에 누가 있는지 모여든 사람들 가장자리에서는 볼 수가 없었다.

열기는 대단했다. 예일 대학교 대 프린스턴 대학교 미식축구 경기의 세련된 관중도 월드 시리즈를 보는 고약한 관중도 검정과 연보라 옷을 입은 숙녀를 두고 말하고 바라보고 웃고 경적을 울리는 이 팬들에 비할 바가 아니었다. 실로 엄청났고, 실로 끔찍했다. 그 블록에서 4분의 1마일 떨어진 곳에 있던 경찰이 정신을 차리지 못하고 관할서에 연락을 했다. 같은 길모퉁이에서는 겁에 질린 한 시민이 유리를 깨고 화재경보기를 눌러서 뉴욕시의 모든 소방서에 말도 안 되는 화재 경보를 보냈다. 주변 고층건물 중 높은 층의 아파트에서는 히스테리컬한 노처녀가 금주청, 공산주의자 색출 특수 부처 및 벨뷰 병원 모자 병동에 차례로 전화를 해댔다.

소음이 심해졌다. 첫 번째 소방차가 도착하면서 일요일의 대기에 연기가 퍼지고, 확성기를 통해 길에서 물러나라고 외치는 소리가 높은 벽들에 반사되어 울리기 시작했다. 도시가 모종의 끔찍한 소요에 휩싸였다는 생각에 흥분한 집사 둘은 즉시 특별 예배를 명하고 힐다 교회와 안토니 교회의 종들을 울리기 시작했고, 이에 질세라 사이먼 교회와 에피슬 교회의 신호용 징도 울리기 시작했다. 멀리 떨어진 허드슨강과 이스트 리버에서도 이 소요사태 소리가 들렸고, 페리 보트와 예인선과 원양 정기선들이 사이렌과 뱃고동을 울리며 구슬픈 소리를 냈다. 이 소리들은 커졌다 작아졌다 뒤섞이며 리버사이드 드라이브부터 이스트사이드 남단의 잿빛 항구지역까지 도시 전체를 비스듬히 가로지르며 퍼져 나갔다.

검정과 연보라 옷을 입은 숙녀는 오픈카 중앙에 앉아서 처음에는 한 명과 즐겁게 대화를 나누었고, 또 다른 사람과 이야기를 했다. 그들은 처음 군중이 몰려들 때 서둘러 말할 수 있는 거리까지 온 운 좋은 모닝코트들이었다. 시간이 좀 지나자 그녀는 주변과 옆을 돌아보며 점점 짜증나는 표정을 지었다.

그녀는 하품을 하고 가장 가까이에 있는 남자에게 어디든 달려가서 물 한 잔만 가져다 줄 수 있겠냐고 물었다. 남자는 당황해서 사과를 했다. 손 하나도 발 하나도 꼼짝할 수가 없었고, 자기 귀도 긁을 수 없는 상황이었기 때문이었다….

강에서 울리는 첫 사이렌 소리가 공기를 타고 들려오자 올리브는 아서의 롬퍼(일체형 아기 옷 - 옮긴이)에 마지막 안전핀을 여미고는 고개를 들었다. 그녀가 놀라더니 이내 벽토처럼 얼굴이 굳어지며 놀람과 못마땅함이 뒤섞인 한탄을 했다.

"또 지 여자네." 그녀가 외쳤나. "정말!"

올리브는 비난과 고통이 섞인 표정으로 멀린을 힐끗 쳐다보더니 한 마디 말도 없이 어린 아서를 한 손으로 안아 올리고 다른 손으로 남편을 잡더니 이리저리 부딪히며 군중을 헤치고 쏜살같이 나아갔다. 어찌어찌해서 사람들이 올리브가 가는 길을 터주었고, 또 어찌어찌해서 올리브는 아들과 남편을 꼭 챙겨서 붙잡고 있었다. 지치고 헝클어진 채, 그녀는 어찌어찌 두 블록을 더 헤치고 넓은 공간으로 나아갔다. 마침내 그 소동 소리가 희미하게 멀어졌을 때 걸음을 늦추더니 아서를 땅에 내려놓았다.

"그것도 꼭 일요일에 말이지! 아직도 창피를 덜 당했나?" 이게 올리브가 유일하게 한 말이었다. 그것도 아서에게. 그날 남은 시간 내내 올리브는 아서를 보고 말을 했다. 알 수는 없으나 참으로 궁금한 이유로 그녀는 빠져나오는 시간 내내 남편을 한 번도 쳐다보지 않았다.

4

서른다섯 살에서 예순다섯 살까지의 세월은 설명할 필요 없는 혼란스러운 회전목마처럼 수동적으로 사는 멀린 앞을 스쳐 돌아갔다. 회전목마 같다는 건 적당한 비유다. 엇박자로 달리거나 숨가쁘게 삐거덕거리는 말들이 돌아가고, 애초에는 파스텔 칼라였으나 이제는 칙칙한 회색과 갈색으로 바랜 모습이 곤혹스러우면서 참을 수 없이 어지러운 회전목마다. 어린 시절이나 십 대 시절의 회전목마와는 절대 같을 수 없었고, 특정 구간을 달리고 역동적으로 움직이는 청춘의 롤러코스터도 이와 같을 수 없다. 대부분의 남녀들에게 이 30년의 세월은 점차 인생에서 물러나는 일로 채워진다. 처음에는 젊음의 무수한 즐길 거리와 호기심으로 가득 찬 수많은 피난처가 있는 앞자리에서 물러나서는, 피난처가 훨씬 줄어든 줄로 후퇴하는 것이다. 여러 야망이 사라지며 한 가지 야망만이 남게 되고, 여러 오락거리가 한 가지 오락거리로 줄고, 많은 친구들이 소수의 친구로 줄어들다가 그들에게도 무감각해진다. 그러다가 마침내 강하지 않은데 강한 자가 되어 고독하고 황량하기 그지없는 곳으로 들어가게 된다. 그곳에서는 포탄들이 지긋지긋한 휘파람 소리를 내지만 그 소리조차 거의 들리지 않고, 두려움과 피로를 반복하면서 우리는 주저앉아 죽음을 기다린다.

마흔 살의 멀린은 서른다섯 살 때와 크게 다른 점이 없었다. 배가 더 나오고, 귀 뒤에 회색 머리가 몇 가닥 보이고, 걸음에 활기가 확연히 줄어늘었을 뿐이었다. 마흔다섯 살의 그와 마흔 살의 그 사이의 차이도 비슷한 근사치만큼 차이가 났다. 단지 왼쪽 귀가 살짝 들리지 않기 시작했을 뿐이었다. 해가 거듭되며 그는 점점 가족에게는 '영감'이 되어 가고 있었다. 특히 아내가 보기에는 망령이 들었다고 할 정도였다. 이 즈음에 그는 서점의 온전한 주인이 되어 있었다. 신비로운 문라이트 퀼 씨가 죽은 지도 5년이었고, 그의 아내는 그보다 먼저 세상을 뜨고 없었다. 그는 서점과 그 책들을 모두 멀린에게 양도했다. 그래서 멀린은 여전히 서점에서 매일 시간을 보내고 있었다. 이제는 인간이 3천 년 동안 기록한 거의 모든 기록물들을 이름만 들어도 아는 인간 카탈로그이자 폴리오 판 책들과 초판본들의 형압 가공과 제본에 대한 권위자이자 전혀 이해 못 하고 절대 읽지도 않는 책들의 저자 천여 명에 대한 정확한 목록을 지닌 자이기도 했다.

예순다섯 살이 되자 그는 눈에 띄게 비틀거렸다. 정통 빅토리아 시대 희극에 나오는 두 번째로 늙은 노인이 종종 보여주는 침울한 습관들이 이미 몸에 배인 터였다. 그는 넓은 창고와도 같은 시간을 안경을 어디에 두었는지 찾느라고 써 버렸다. 아내에게 잔소리를 해댔고, 마찬가지로 잔소리를 들었다. 가족 식사 테이블에서는 같은 농담을 일 년에 서너 번씩 했고 아들에게는 어떻게 살지에 관한 기괴하고 불가능한 지침을 말해주었다. 정신적으로나 육체적으로나 이제 그는 스물다섯 살 때의 멀린 그레인저와는 너무도 다른 사람이라 같은 이름을 써야 할지가 헷갈릴 지경이었다.

그는 그의 기준으로는 게을러빠진 한 청년과 여직원 미스 개프니의 도움을 받으며 여전히 서점에서 일했다. 미스 매크레큰은 그만큼이나 늙고 고약해졌지만 여전히 회계업무를 보고 있었다. 아들 아서는 장성해서 월스트리트에서 채권을 팔았는데, 당시에는 젊은이들은 죄다 그런 일을 하는 것 같았다. 물론 응당 그래야 하는 일이기도 했다. 늙은 멀린이 자기 책에서 어떤 마법이든 끄집어 낸다 해도 젊은 아서왕이 있을 자리는 금융업계였다.

어느 날 오후 네 시 멀린은 밑창이 부드러운 슬리퍼를 신고 가게의 앞쪽으로 소리 없이 걸어갔다. 이건 새로 생긴 습관으로 솔직히 말하자면 부끄럽게도 젊은 직원을 염탐하기 위해서였다. 그는 시력이 떨어진 눈에 힘을 주고 무심코 진열장 밖을 바라보았다. 크고 으리으리하고 인상적인 리무진 한 대가 길가에 서있었고, 운전수가 내려서 차 안에 탄 사람과 이야기를 나누고 있다가 당황한 듯 돌아서서는 문라이트 퀼의 입구 쪽으로 다가왔다. 문을 열고 느릿느릿 들어와서는 해골 모양 모자를 쓴 노인을 알 수 없다는 듯이 쳐다보고는, 안개 속에서 나오는 것 같은 굵고 탁한 목소리로 말을 걸어왔다.

"저, 저… 계산책(additions, 운전기사가 'editions'을 잘못 발음한 것 - 옮긴이) 팔아요?"

멀린이 고개를 끄덕였다.

"산수책이라면 저 뒤편에 있소."

운전수는 모자를 벗더니 바짝 깎은 곱슬머리를 긁었다.

"아, 그게 아니고 탐정 소설을 찾는데요." 그는 엄지손가락으로 리무진 쪽을 가리켜 보였다. "사모님이 신문에서 보셨다네요. 초판…이라던가 뭐라던가."

멀린은 갑자기 흥미가 생겼다. 매출을 크게 올릴 수 있겠군 싶었다.

"아, 판본들(editions) 말하는군. 그래요, 우리가 초판들, 탐정물 초판들이 있다고 광고를 했었죠. 어떤 책을 찾는가요?"

"잊어버렸어요. 범죄 이야기던데."

"범죄라. 우리 서점에는 '보르지아 가의 범죄'가 백 프로 모로코 가죽 장정에 1769년 런던 판본으로 있지. 아주 아름답게…"

"아뇨." 운전수가 끼어들었다. "범죄를 저지르는 어떤 사람 얘긴데, 사모님께서 여기서 판매한다는 광고를 신문에서 보셨다고." 그는 감정가처럼 멀린이 제시하는 책 제목들이 그가 찾는 책이 아니라고 했다.

"실버 본즈." 잠깐 말을 멈추었다가 그가 불현듯 제목을 댔다.

"뭐라고?" 멀린은 마치 누가 자신의 힘줄이 뻣뻣하게 굳었다는 언급이라도 한 것인 양 되물었다.

"실버 본즈라고요. 범죄를 저지르는 남자 이름요."

"실버 본즈?"

"실버 본즈라고 인디언 이름이라던가 뭐라던가."

멀린은 수염이 난 자기 뺨을 긁었다.

"아, 선생님." 잠재 고객이 계속 말을 이었다. "책 못 사가면 제가 엄청 혼나요. 일이 조금만 꼬여도 사모님이 난리를 치셔서."

하지만 멀린이 실버 본즈라는 캐릭터에 대해 아무리 생각하고 서가를 마지못해 뒤져도 찾을 수 없었다. 5분 뒤 낙담한 운전수는 여주인에게로 돌아갔다. 유리창을 통해 리무진 안에서 난리법석을 피우는 기미가 훤히 느껴졌다. 운전수는 자신의 잘못이 없다고 호소하는 몸짓을 강하게 해보았지만 소용이 없는 듯했다. 다시 운전석에 돌아가 앉은 그의 표정은 기가 확 꺾인 듯했다.

이번에는 리무진 문이 열리더니 스무 살 정도의 창백하고 늘씬한 청년이 내렸다. 꾸민 듯 안꾸민 듯 차려입은 차림새에 지팡이 하나를 들고 있었다. 그는 서점에 들어와 멀린을 지나쳐 걸어 들어가더니, 담배를 꺼내 불을 붙였다. 멀린이 청년에게 다가갔다.

"뭘 도와드릴까요?"

"영감." 청년이 쌀쌀맞게 말했다. "몇 가지 있어요. 일단 리무진에 탄 할머니한테 안 보이게 여기서 담배 좀 피우게 해주세요. 성년이 되기 전에 내가 담배를 피우는 걸 할머니가 알면 5천 달러가 날아가는 수가 있어요. 또 하나는 지난 일요일 타임스에 광고한 '실베스터 보나드의 범죄' 초판본을 찾아주세요. 할머니가 영감한테서 받아와야겠대요."

탐정물에, 누군가의 범죄에, 실버 본즈에, 이 모든 실마리가 풀렸다. 살면서 무엇이든 즐거워하는 습관을 들였더라면 이 일도 정말 재미있게 웃어넘겼을 테지만, 멀린은 변명이라도 하듯 희미하게 웃으면서 비틀비틀 서점 뒤편으로 갔다. 그의 보물들은 거기에 있었다. 대규모 도매 판매에서 그가 괜찮은 가격으로 집어 온 이 책들이 가장 최근의 투자 대상들이었다.

그 책을 들고 돌아오자 청년은 아주 만족한 표정으로 담배를 빨며 연기를 수도 없이 내뱉고 있었다.

"이런 제길. 할머니가 하루 종일 나를 끼고 다니며 이런저런 명청한 심부름들을 시키는 바람에 이게 여섯 시간 만에 처음으로 피우는 담배잖아요. 세상이 어떻게 돌아가나 모르겠네. 시절 좋을 때 살던 기운 없는 노친네가 남자한테 부덕한 게 뭔지 정해주고 말이죠. 내가 남들이 하라는 대로 하는 사람이 아닌데요. 어디 책 좀 봅시다."

멀린이 청년에게 책을 조심스레 넘겨주었다. 청년은 책을 파는 책장을 아무렇게나 펴서 엄지로 여러 장을 넘겼다. 그걸 보자니 책을 파는 이의 심장은 놀라서 덜컥 내려앉았다.

"삽화가 없네요?" 청년이 말했다. "영감, 값이 얼마예요? 말해봐요! 우리가 가격은 잘 쳐줄게요. 왜 그래야 하는지는 모르겠지만!"

"100달러입니다." 멀린이 얼굴을 찌푸리며 말했다.

청년이 놀랐다는 듯 휘파람을 불었다.

"와! 이보세요. 지금 장사를 옥수수나 키우는 농부들 상대로 하는 거 아니잖아요. 난 도시에서 나고 자랐고 우리 할머니도 그래요. 물론 할머니를 잘 돌보려면 특별세라도 전용해야 하지만요. 25달러 드릴게요. 후하게 쳐드리는 거예요. 우리 집 다락에 책들이 많아요. 어릴 때 가지고 놀던 장난감들이랑 같이 이 책을 쓴 노인네가 태어나기 전에 쓰여진 책들요."

멀린은 뻣뻣하게 굳어서 말도 안 되는 소리에 가차 없이 꼼꼼하게 대응했다.

"할머니가 이 책을 사라고 25달러를 주던가요?"

"아뇨. 50달러를 주셨지만, 거스름돈을 받아오길 기대할 거예요. 할머니가 원래 그래요."

"가서 말씀드리게." 멀린이 품위를 지키며 말했다. "아주 좋은 거래를 놓치셨다고."

"40달러 드리죠." 청년이 다그쳤다. "제발요. 합리적이잖아요. 우리를 지체시키시면…"

누군가 끼어들지 않았더라면, 멀린은 귀중한 책을 옆구리에 끼고는 빙그르 돌아서서 자기 사무실 특별 서랍에 책을 가져다 둘 참이었다. 그때 전례 없이 멋들어지게, 앞문을 활짝 열기보다는 박차고 들어오는 이가 있었다. 블랙 실크와 모피를 걸친 여왕처럼 당당한 형체가 어두운 실내로 그를 재빠르게 압도하며 걸어 들어왔다. 도시 청년의 손가락에서 담배가 튕겨 나갔고, 청년은 저도 모르게 "제길!"이라고 외쳤다. 하지만 그녀의 출현이 말도 안 되게 가장 강력한 효과를 미친 것은 멀린에게였다. 그 효과는 너무도 강력해서 서점의 가장 귀중한 보물이 손에서 미끄러져 담배와 함께 바닥으로 떨어졌다. 그의 앞에 캐롤라인이 서 있었다.

그녀는 이제 노인이었다. 놀라울 정도로 잘 관리하고, 남들과 달리 잘생기고, 유난히 꼿꼿했지만 그래도 할머니는 할머니였다. 머리칼은 부드럽고 아름다운 흰머리였고, 우아한 차림새에 보석을 휘감고 있었다. 귀부인 스타일로 연하게 루즈를 바른 얼굴에는 눈가 주름이 거미줄처럼 잡혀 있었고 깊은 팔자 주름도 입 가장자리와 코를 연결하는 기둥처럼 자리하고 있었다. 눈은 어두웠고 심술궂은 데다 불만이 가득했다.

그러나 의심할 여지없는 캐롤라인이었다. 외모는 쇠퇴하고 있었고, 움직임은 비록 부서질 듯 뻣뻣했지만, 캐롤라인의 태도, 유쾌한 오만함과 부러워할 만한 자신감, 그리고 무엇보다도 더듬거리고 떨리지만, 그 안에 울림이 있는 캐롤라인의 음성은 여전히 운전기사들이 세탁 마차를 끌도록 하거나 도시 청년의 손에서 담배가 떨어지도록 만들 수 있었다.

그녀는 선 채로 냄새를 맡았다. 그러다 바닥에 떨어진 담배를 보았다.

"저게 뭐야?" 그녀가 외쳤다. 이건 질문이 아니었다. 의심과 고발과 확증과 결정이 모두 뒤범벅이 된 말이었다. 그리고 뜸 들일 새도 없이 손자에게 말했다. "몸을 펴! 몸을 세우고 폐에서 그 니코틴을 뱉어내!"

청년이 두려움에 질려 그녀를 바라보았다.

"뱉으라니까!" 그녀가 명령했다.

청년은 입술을 슬그머니 모으더니 공중에 숨을 뱉었다.

"뱉어!" 더욱 단호하게 그녀가 반복했다.

청년은 무기력하게 그리고 우스꽝스럽게 또 숨을 뱉었다.

"너 그거 아니?" 딱딱하게 그녀가 말을 이었다. "너는 지금 5분 만에 5천 달러를 날린 거야."

잠시 청년이 털썩 무릎을 꿇고 호소를 하지 않을까 기대했지만, 그는 고결한 인간 본성은 지키려는지 서 있었다. 공중에 숨을 뱉고 있는 건 어떤 부분에선 긴장해서기도 했고, 또 한편으로는 그렇게 해서 다시 할머니의 환심을 사야겠다는 밑도 끝도 없는 희망 때문인 게 분명했다.

"젊은 애들이란!" 캐롤라인이 소리쳤다. "한 번만, 딱 한 번만 더 그랬단 봐라, 넌 대학을 그만두고 일을 하러 다녀야 할 거야."

이 협박은 청년에게 어마어마한 효과가 있었다. 원래 창백했던 청년의 얼굴은 훨씬 더 창백해졌다. 하지만 캐롤라인은 아직 끝난 게 아니었다.

"너는 내가 너랑 네 형제들이랑 터무니없는 네 아버지가 나를 어떻게 생각하는지 모를 것 같니? 알아. 내가 망령이 났다고 생각하지? 내가 물러터졌다고 생각하고. 아니, 난 그렇지 않아!" 그녀는 본인이 근육질이라는 걸 입증이라도 하고 싶은지 주먹으로 자기 가슴을 치며 말했다. "너희들이 나를 볕 좋은 날 거실에 눕혀 두게 되어도 말이다, 너와 나머지 식구들이 가지고 태어난 머리보다 내 머리가 더 좋을 거야."

"하지만 할머니…."

"조용히 해. 말라깽이 애송이 같으니. 내 돈이 없으면 너는 기껏해야 브롱스 지역의 이발소에서 고용 이발사나 하고 있을 거야. 손 좀 보자. 윽! 이발사의 손이네. 너는 날 상대로 잔꾀를 쓰려고 하나 본데 이 몸은 백작 세 명과 진짜 공작 한 명을 거친 몸이야. 나 좋다고 로마에서 뉴욕까지 쫓아온 교황에게 칭호 받은 사제들도 대여섯이라고!" 그리고 숨을 들이마신 후 다시 말했다. "몸을 펴고 숨을 뱉어!"

청년은 순순히 숨을 뱉었다. 그와 동시에 문이 열리고 모피를 두른 코트와 모자 차림에, 똑같은 종류의 모피를 콧밑과 턱에 단 것 같아 보이는 중년 남성이 흥분해서는 서점으로 서둘러 들어와 캐롤라인에게 다가왔다.

"드디어 찾았네요." 남자가 외쳤다. "온 시내를 찾아다녔습니다. 전화로 댁에도 전화를 드렸어요. 비서가 문라이트 퀼이라는 서점에 가신 것 같다고 알려주어서…"

캐롤라인이 화가 나서 그에게로 몸을 돌렸다.

"내가 당신 후일담이나 들으려고 당신을 고용했나요?" 그녀가
딱딱거렸다. "당신은 내 선생님이에요? 아니면 내 중개인이에요?"

"중개인입니다." 모피 수염 남자가 좀 당황한 기색으로 답했다.
"죄송합니다. 축음기 주식 건으로 왔습니다. 105달러에 팔 수
있습니다."

"그럼 그렇게 하세요."

"좋습니다. 그럼 저는 이만…"

"가서 파세요. 나는 손자와 얘기 중이니까요."

"네, 알겠습니다. 제가…"

"안녕히 가세요."

"안녕히 계십시오, 부인." 모피 수염의 남자가 약간 몸을 굽혀
인사를 하더니 혼란스러운 표정으로 서점에서 서둘러 나갔다.

"너는 말이지." 캐롤라인이 손자에게 몸을 돌리며 말했다. "지
금 그 자리에 그대로 조용히 있어."

그녀는 멀린에게 몸을 돌리더니 비우호적이지는 않은 시선으
로 그를 머리부터 발끝까지 훑었다. 그러다 그녀가 미소를 짓자,
멀린도 엉겁결에 미소를 같이 짓고 있었다. 즉시 둘 다 미친 듯
이, 하지만 저절로 터져 나오는 웃음을 터뜨렸다. 그녀는 멀린의

팔을 잡더니 그를 얼른 서점의 반대편으로 데려갔다. 거기에 둘은 멈춰 서서 서로를 마주 보고는 또 한 번 노망난 것처럼 한바탕 폭소를 터뜨렸다.

"이러는 수밖에 없어요." 그녀가 심술궂지만 의기양양한 어조로 헐떡이며 말했다. "나처럼 늙은 노인네는 주변에 다른 사람들이 돌아다녀야 행복해요. 늙고 부자인데 자식들은 돈이 없는 건 꼭 젊고 예쁘지만 못생긴 자매를 두고 있는 것처럼 재미있으니까요."

"아, 그렇군요." 멀린이 껄껄 웃으며 말했다. "압니다. 부럽군요."

그녀는 눈을 깜박이며 고개를 끄덕였다.

"지난번 왔을 때가 40년 전이었는데요." 그녀가 말했다. "그때 당신은 놀고 싶어 안달인 젊은이였어요."

"그랬지요." 그가 인정했다.

"제 방문이 그때 당신에게는 꽤 큰일이었을 텐데요."

"그때뿐 아니라 내내 그랬습니다." 그가 외쳤다. "처음에는 당신이 진짜 사람이구나, 그런 생각을 했었지요."

그녀가 웃었다.

"내가 사람이 아니라고 생각했던 남자들은 많아요."

"하지만 지금은" 멀린이 흥분해서 말했다. "이해합니다. 늙으면 이해하게 되니까요. 시간이 지나면 별로 중요한 일도 없고요. 지금 생각하면 어느 날 밤 당신이 테이블 위에 올라가 춤을 췄던 때, 당신이라는 존재는 아름답고 제멋대로인 여성을 갈망하는 내 로맨틱한 열정에 불과했다는 걸 이제는 알겠어요."

늙은 그녀의 눈이 아련해졌고, 목소리는 잊혀진 꿈의 메아리처럼 들렸다.

"그날 밤 한껏 춤을 췄었지요. 기억해요."

"저를 유혹하려고 했어요. 올리브의 팔이 나를 그 품에 가두려고 했고, 당신은 자유롭게 살라고, 내 몫의 젊음과 방종을 지키라고 경고했지요. 하지만 마지막에야 그 경고가 효과가 있었나 봐요. 너무 늦은 경고였어요. 또 내가 서른다섯 살일 때 당신이 내게 한 짓도 잊지 못해요. 그 교통체증으로 나를 온통 동요시켰지요. 정말 멋진 시도였어요. 당신이 발산하는 아름다움과 힘은 대단했지요. 내 아내도 당신을 알고 당신을 두려워했어요. 여러 주 동안 나는 날이 저물면 집 밖으로 빠져나가 음악과 칵테일과 여자들로 답답한 삶을 잊고 나를 젊게 만들고 싶었어요. 그렇지만 그때는, 어떻게 해야 하는지 알지 못했죠."

"그런데 당신은 너무 늙어 버렸군요."

그녀는 일종의 경외심을 느끼며 그에게서 물러섰다.

"그래요. 날 이대로 둬요." 그가 외쳤다. "당신도 늙었어요. 당신의 기운도 피부와 마찬가지로 시들었고요. 내가 무엇을 잊는 게 최선인지 말해주려 온 건가요? 늙고 가난한 건 늙고 부유한 것보다 더 비참하다는 걸 말해주려고요? 내 아들더러 내 음울한 실패를 내 면전에 대고 던지라고 해주려고요?"

"내 책을 주세요." 그녀가 매몰차게 요구했다. "빨리요, 영감."

멀린은 그녀를 한 번 더 바라보고는 인내심을 가지고 그 말을 따랐다. 그는 책을 들어 그녀에게 건네주고는 그녀가 지폐를 건네자 고개를 저었다.

"나한테 돈을 지불하는 촌극을 벌이려고요? 한때 당신은 내가 이 서점을 부수도록 만들지 않았나요?"

"그랬었죠." 그녀가 화를 내며 말했다. "하지만 그랬던 거 기뻐요. 아마 나도 그 이상 당했나 보죠."

그녀는 그를 한 번 쳐다보았다. 절반은 경멸, 절반은 제대로 감추지 못한 불안이 섞인 시선이었다. 그리고 도시 청년인 손자에게 뭐라 짧게 말하더니 문 쪽으로 걸어가기 시작했다.

그렇게 그녀는 가버렸다. 그의 서점에서, 그의 인생에서. 문이 찰칵 닫혔다. 한숨을 지으며 그는 돌아서서 더듬더듬 걸어서 유리 파티션 뒤로 돌아갔다. 그 안에는 여러 해 분량의 누래진 장부들이 쌓여 있었고, 그만큼 나이가 든 미스 매크레른이 있었다.

멀린은 그녀의 바싹 마른 주름투성이 얼굴을 기묘한 연민을 느끼며 바라보았다. 어쨌든 그녀는 그보다 삶에서 누린 것이 더 적지 않은가. 반항심도 로맨스도 소중한 순간들도 불쑥 튀어나와 그녀의 삶에 열기와 영광을 선사한 적은 없었다.

그때 미스 매크레큰이 고개를 들더니 그에게 말했다.

"여전히 성깔머리 있는 노인네네요."

멀린이 놀랐다.

"누구 말이에요?"

"늙은 알리샤 데어요. 지금은 물론 토마스 앨러다이스 부인이고, 지난 30년 동안도 줄곧 그랬고요."

"뭐라고요? 무슨 얘긴지 못 알아듣겠어요." 멀린은 무너지듯 회전의자에 주저앉았다. 그의 눈이 커졌다.

"아, 그레인저 씨, 저 여자를 잊어버리고 있었던 건 설마 아니지요? 10년 동안 뉴욕에서 가장 악명 높은 인물이었는걸요. 한 번은 쓰록모튼 이혼 소송 산통 낭사자일 때, 5번가에서 너무 주목을 많이 끌어서 교통 체증을 일으켰었죠. 신문에서 읽은 적 없나요?"

"저는 신문을 본 적이 없어서요." 그의 늙은 뇌가 휙휙 도는 것 같았다.

"음, 저 여자가 여기 들어와서 서점을 쑥대밭으로 만들었던 때는 잊었을 리가 없지요. 난 그때 문라이트 퀼 씨에게 내 월급 달라고 하고 떠날 뻔했어요."

"아, 그러니까 그때 저 여자를 봤단 말씀이세요?"

"당연하죠. 그날 피운 난동을 어떻게 잊겠어요. 문라이트 퀼 씨도 끔찍했겠지만 아무 말도 하지 않았지요. 그 여자에 빠져있던 때라, 그 여자 손바닥 위에서 놀았어요. 그 여자의 변덕스러운 짓거리 중 하나만 반대해도 그녀는 퀼 씨 부인에게 얘기하겠다고 협박하고는 했지요. 퀼 씨는 그런 꼴을 당해도 쌌어요. 예쁘장하기만 하면 불나방같이 달려가는 꼬락서니 하고. 물론 퀼 씨야 그때 서점으로 돈을 잘 벌었지만 그 돈 가지고는 그 여자에겐 어림도 없었지요."

"하지만 난 그 여자를 알았어요." 멀린이 더듬거렸다. "제 말은, 제가 알기론 그 여자는 어머니와 같이 살고 있었어요."

"엄마라니요, 쓰레기죠." 미스 매크레큰이 화가 나서 말했다.

"이모라고 부르는 여자가 있었죠. 친척 관계로 따지면 나나 그 이모라는 여자나 마찬가지로 남이에요. 나쁜 여자지만 머리가 좋았지요. 쓰록모튼 이혼 소송 건 이후 토마스 앨러다이스와 결혼을 했고, 평생 먹고 살 수단을 마련했어요."

"그 여자는 누구였나요?" 멀린이 외쳤다. "아니, 뭐였나요? 마녀라도 되는 건가요?"

"아, 그녀는 알리샤 데어라는 무희였죠. 당시에는 신문마다 그 여자 사진이 안 실린 적이 없었어요."

멀린은 잠잠히 앉아있었다. 머릿속이 너무 피곤하고 조용했다. 그는 정말로 늙은 노인이었다. 너무 늙어서 젊었던 시절이 어떠했는지 꿈꾸는 게 불가능했고, 너무 늙어서 세상의 광채란 것도 모두 사라지고 없었다. 그 광채는 아이의 얼굴이나 온기와 생명의 끈질긴 위로로 옮겨가는 대신, 시야와 감정의 영역에서 그저 빠져나가 버렸다. 이제는 봄날 저녁 아이들이 외치는 소리가 그가 앉은 창가까지 들려오면 그 소리에 어린 시절 친구들이 밖으로 나와서 해가 지기 전에 같이 놀자고 소리치던 추억 속에 한참이고 잠겨 미소 짓는 일은 결코 없을 터였다. 이제는 추억을 곱씹기에도 너무 늙어버렸다.

그날 밤, 저녁 식사 자리에 아내와 아들이 함께 앉아 있었다. 자신들의 맹목적인 목적을 위해 그를 이용해온 사람들이었다. 올리브가 말했다.

"석상처럼 그렇게 앉아있지 말아요. 무슨 말이라도 좀 해요."

"조용히 계시게 두세요." 아서가 면박을 주었다. "말하라고 부추기면 백 번은 더 들었던 이야기를 또 하실 거예요."

멀린은 아홉 시에 아주 조용하게 위층으로 올라갔다. 방에 들어와 문을 꼭 닫고는 잠시 서 있었다. 그의 가는 사지는 떨리고 있었다. 이제 그는 알고 있었다. 자신이 늘 바보였다는 걸.

"아, 붉은 머리 마녀 같으니!"

그러나 너무 늦었다. 그는 너무도 많은 유혹을 뿌리쳐서 신을 노하게 했던 것이다. 천국 외에는 남은 게 없었다. 그곳에서 자신처럼 지상에서의 삶을 낭비한 자들을 만나게 될 터였다.

행복의 나락

행복의 나락

1

20세기 초기 몇 년 동안 나온 오래된 잡지들을 훑어보다 보면, 리차드 하딩 데이비스와 프랭크 노리스, 혹은 죽은 지 오래된 다른 이들의 이야기들 틈새에 끼어 있는 제프리 커튼의 작품을, 그 것도 소설 한두 편과 삼사십 편에 달하는 단편 소설을, 찾을 수 있을지도 모르겠다. 그의 작품에 흥미가 생겨 작품들이 실린 순서대로 따라 읽어가다 보면, 그 소설들이 1908년이 되어서는 종적이 묘연해진다는 것도 알게 된다.

그의 작품들은, 읽고 나면 재미는 있다. 좀 구식이지만 치과 대기실에서 보내는 지루하기 그지없는 30분 정도의 시간을 죽이기에 딱 맞는 그런 종류의 글이다. 걸작이라고는 절대 말할 수 없다. 그런 글을 쓴 사람은 명석한 머리에 재능이 넘치고 필경 젊은 작가여야 한다. 맛보기로 그의 작품을 한 편 읽어보면 변덕스러운 삶에 대해 희미한 흥미가 일 정도로 마음을 휘저을지도 모르겠다. 하지만 깊은 내면에서 솟아나는 웃음이나, 삶의 무익함에 대한 통찰이나, 비극의 기미 같은 건 일절 찾아볼 수가 없다.

다 읽고 나서 당신은 하품을 하며 잡지를 다시 열을 맞춰 꽂아 둘 것이다. 만일 도서관 열람실에서 잡지를 읽고 있었다면, 아무래도 기분 전환이 필요한 것 같아 당시 신문이나 읽어보아야겠다는 마음이 생겨 일본의 뤼순 점령같은 뉴스를 찾아볼지도 모르겠다. 하지만 그러다 어찌어찌 소 뒷걸음질 치다 쥐 잡는 격으로 제대로 된 신문을 골라잡게 되어서 연극란을 펼쳐보게 된다면, 최소 일 분 동안은 샤토티에리 (1918년 1차 세계대전 당시 미국과 독일의 격전지 - 옮긴이) 뿐 아니라 뤼순 따위일랑 새까맣게 잊어버리고 눈길이 하염없이 ㄴ곳에 머물게 될지도 모르겠다. 행운의 여신의 인도로 한 아름다운 여인의 초상이 눈에 들었다면.

그때는 뮤지컬 '플로로도라'와 6중창, 잘록하게 조인 허리와 부풀린 소매, 뒷자락을 부풀린 스커트와 흠잡을 데 없는 발레 스커트들이 어우러지던 나비넥타이의 시절이었다. 사진 속 여성은 어색해서 굳어 있고 배역을 소화하느라 입은 구식 의상에 가려졌어도 그 사진 속 모습은 나비 중의 나비로 보였다. 그 시대 기쁨의 정수를 머금은 모습이랄까? 부드러운 와인같이 취하게 만드는 눈, 마음을 흔드는 노래들, 정장을 입고 건배하는 화려한 연회들, 이어지는 춤들과 만찬들. 거기엔 두 필의 말이 끄는 마차를 탄 비너스 여신이 있었고, 가장 빛나는 시기의 깁슨 걸 (19세기 말 20세기 초, 찰스 다나 깁슨이 그려낸 펜화 속의 여성 이미지로 '수천 명의 미국 여성'을 대표하는 이미지 - 옮긴이) 이 있었다. 바로 그 사진 속에…

그녀가 있었다.

아래 적힌 이름을 찾아보니 록산 밀뱅크였다. 한때 <데이지 체인>이라는 연극의 코러스걸이자 대역 배우였다가 스타 배우가 아파서 공연을 못 하게 되었을 때 뛰어난 연기력으로 주역을 따낸 배우였다.

그녀의 사진을 다시 보면 의아해질 것이다. 왜 그녀 이름을 들어본 적이 없는지. 어째서 그녀의 이름을 대중가요나 보드빌(20세기 초 유행했던 버라이어티 쇼 형식의 공연 - 옮긴이)의 농담과 시가 밴드에서 찾아볼 수 없었을까? 왜 젊어서 노는 걸 좋아했던 늙은 삼촌의 기억에 릴리안 러셀이나 스텔라 메이휴와 안나 헬드들과 함께 남아있지 않은 걸까? 록산 밀뱅크는 어디로 사라진 걸까? 어떤 함정문이 갑자기 열려 그녀를 삼켜버린 걸까? 그녀의 이름은 지난 토요일 판 신문의 부록에 실린 영국 귀족과 결혼한 여자 배우들의 명단에도 없었다. 그녀는 죽은 게 분명했다. 딱하게도 이 아름다운 아가씨는 완전히 잊혀졌다.

내가 너무 많은 것을 바라나 보다. 나는 그저 우연히 제프리 커튼의 단편들과 록산 밀뱅크의 사진을 보라고 이끌렸을 뿐이다. 하지만 6개월 후 신문에 실린 작은 기사 하나를 보게 되면 놀랄지도 모른다. 가로 세로 각각 2인치, 4인치인 작은 기사에는 록산 밀뱅크의 결혼 소식이 실려 있다. <데이지 체인> 순회공연 중에 만난 인기 작가 제프리 커튼과 결혼했다는 말과 함께, 무심하게 이런 말이 덧붙여져 있다. '무대에서 은퇴할 것이다.'

사랑해서 한 결혼이었다. 그는 매력이 넘치다 못해 제멋대로였고, 그녀는 거부할 수 없을 정도로 천진했다. 물에 떠내려가는 통나무 두 그루처럼 이들은 정면으로 충돌하듯 만났고, 서로에게 얽혀 가속이 붙은 채 함께 흐름을 따라 떠내려갔다. 하지만 제프리 커튼이 40년 동안 글만 썼다 해도 자신의 삶에서 일어났던 기막힌 일보다 더 기막힌 일을 글 속에 담아내진 못했을 것이다. 록산 밀뱅크가 수십 개의 배역을 넘나들며 오천 개의 극장을 채웠다 해도, 자신의 인생에서 예비된 운명보다 더 행복하고 더 절망적인 역할을 맡지는 못했을 것이다.

일 년 동안 이들은 캘리포니아로, 알래스카로, 플로리다로, 그리고 멕시코로 여행하며 호텔에서 살았다. 그의 재치와 그녀의 아름다움이 빚어내는 황금빛 소소함 속에서 사랑하고 티격태격

싸우면서도 황홀했다. 둘은 젊고 열정이 넘쳤다. 이타심과 자존심의 합주가 자아내는 극치감 속에서 이들은 모든 것을 요구하다 다시 모든 것을 양보하기를 거듭했다. 그녀는 부드러운 어조의 그의 목소리와 대상도 없는 그의 격렬한 질투를 사랑했다. 그는 그녀의 어두운 광채와, 눈의 새하얀 홍채와, 따뜻하고 관능적인 정열을 머금은 미소를 사랑했다.

"그녀는 참 매력적이죠?" 만약 그였다면 이처럼 다소 수줍게, 그러나 들떠서 물어볼 것 같다. "멋지지 않아요? 이런 여자 본 적 있어요?" 이렇게.

"아뇨." 사람들은 씩 웃으며 이렇게 대답할 것이다. "록산은 경이로워요. 당신은 정말 행운아군요."

한 해가 지났다. 둘은 호텔살이에 지쳤다. 그래서 시카고에서 반 시간 거리인 말로우라는 소도시에 낡은 집과 이십 에이커의 땅을 샀다. 작은 차도 사고, 발보아 (태평양을 발견한 15세기 말 스페인의 유명한 탐험가 - 옮긴이)도 헷갈리게 만들만한 개척정신으로 요란하게 이사했다.

"여기가 당신 방!" 둘은 돌아가며 외쳤다.

"여기를 내 방으로 할래!"

"아이가 생기면 여기는 아이 방이야!"

"낮잠 자는 포치를 짓자! 내년쯤에."

둘은 4월에 이사했다. 7월에 제프리의 친한 친구인 해리 크롬웰이 일주일 동안 묵기 위해 그곳에 왔다. 둘은 길게 펼쳐진 잔디밭 끝에서 자랑스레 그를 맞아서는 서둘러 집으로 인도했다.

해리도 결혼한 상태였다. 그의 아내는 육 개월쯤 전에 출산을 한 후 아직 뉴욕의 친정에서 몸조리 중이었다. 록산은 해리의 아내가 해리만큼 매력적이지 않다는 걸 알게 되었다. 제프리는 해리의 아내를 한 번 만나보고는 '깊이가 없다'고 생각하고 있었다. 하지만 해리는 결혼한 지 이미 2년이었고, 보기에는 행복해 보였다. 그래서 제프리는 해리의 아내가 괜찮은 사람일지도 모른다고 생각을 고쳐먹은 참이었다.

"비스킷을 굽는 중이에요." 록산이 자못 진지하게 말했다. "당신 아내도 비스킷을 구울 줄 알아요? 요리사가 굽는 법을 알려줬어요. 전 여자라면 모두 비스킷을 구울 줄 알아야 한다고 생긱 해요. 비스킷 굽기 하나로 누구든 무장해제 시킬 수 있으니까요. 비스킷을 구울 줄 아는 여자는 분명히…."

"너도 여기 와서 살아야 해." 제프리가 말했다. "우리처럼 너와 키티도 시골에 집을 알아봐."

"키티를 모르는구나. 아내는 시골을 싫어해. 극장과 보드빌 없으면 못 산대."

"여기로 데려와 봐." 제프리가 거듭 말했다. "그렇게 공동체를 만들자고. 이미 여기 괜찮은 사람들이 있거든. 데려오라니까!"

이들은 현관 계단까지 걸어온 참이었다. 록산이 오른편에 있는 폐가 쪽을 황급히 가리켜 보였다.

"차고예요. 한 달 안에 제프리의 작업실이 될 거예요. 그건 그렇고 저녁은 일곱 시예요. 제가 칵테일을 만들 거예요."

두 남자는 이층으로 올라갔다. 2층으로 올라가다 중간쯤, 그러니까 첫 번째 층계참에서 제프리는 손님의 슈트케이스를 내려놓더니 질문과 외침이 뒤섞인 말을 내뱉었다.

"제발 한번만 말해봐. 록산을 실제로 보니 어때?"

"위층으로 가지." 친구가 답했다. "문 닫고 얘기하자."

30분 후 둘이 서재에 앉아 있을 때 록산이 구운 비스킷 한 판을 들고 부엌에서 다시 모습을 드러냈다. 제프리와 해리가 일어났다.

"예쁘게 구웠네." 남편이 진지하게 말했다.

"끝내주네요." 해리가 어물쩍하게 말했다.

록산이 환히 웃었다.

"하나 드셔보세요. 보여 드리기 전에 손댈 수가 없더라고요. 그리고 맛이 어떤지 알기 전에는 다시 부엌으로 못 가져가요."

"성경에 나오는 만나 같군요."

동시에 두 남자는 비스킷을 들어 망설이며 입으로 가져갔다. 동시에 둘은 얘기하던 주제를 바꾸었다. 하지만 록산은 속지 않고 판을 내려놓더니 비스킷 하나를 집어 들었다. 이내 그녀의 말은 최종적인 비장미를 띠고 울려 퍼졌다.

"완전히 망쳤네요!"

"그렇다고…"

"아, 그럴 리…"

록산이 폭소를 터뜨렸다.

"이런, 난 쓸모없는 여자야." 록산이 깔깔 웃으며 말했다. "날 쫓아내, 제프리. 난 기생충이야. 나는 아무런 목적…"

제프리가 팔을 둘러 록산을 안았다.

"여보, 난 당신이 구워 주는 비스킷을 먹을 거야."

"어쨌든 보기에는 예쁘잖아." 록산이 우겼다.

"네, 식탁에 놓으면 보기 좋을 것 같아요." 해리가 돌려 말했다.

제프리가 그 말을 받더니 한 술 더 떠서 말했다.

"맞아, 바로 그거야. 장식용 비스킷! 장식용 걸작이지. 그렇게 사용하지 뭐."

그는 부엌으로 달려가 망치와 못 몇 개를 들고 돌아왔다.

"이 비스킷들, 쓸 거야. 록산, 이걸로 액자를 만들자."

"그러지 마." 록산이 죽는 소리를 냈다. "예쁜 우리 집, 다 망가져."

"괜찮아. 10월에 서재 도배를 새로 할 거잖아. 잊었어?"

"그래도⋯."

탕! 첫 번째 비스킷이 벽에 꽂혔다. 비스킷은 마치 살아있는 것처럼 잠시 부르르 떨었다.

탕!

록산이 칵테일을 새로 채워 가지고 돌아왔을 때 열두 개의 비스킷은 원시 시대 창촉 컬렉션처럼 직각을 이루는 모양으로 벽에 박혀 있었다.

"록산." 제프리가 감탄조로 말했다. "당신은 예술가야. 요리사라니, 말도 안돼! 당신이 내 책의 삽화를 그려야겠어!"

저녁을 먹는 동안 석양은 어스름으로 슬며시 잦아들었고, 좀 더 지나니 바깥은 밤이 되어 별들이 찾아와 총총 빛나고 있었다. 록산의 하얀 드레스와 낮고 떨리는 웃음소리가 자아내는 희미한 광채가 밤 사이로 한껏 퍼져 나갔다.

작은 소녀 같군, 해리는 생각했다. 록산에 대면 키티는 늙었어.

그는 두 여자를 비교했다. 키티는 세심하지도 않으면서 신경과민이었고, 개성도 없으면서 까탈을 부렸다. 휙 스쳐 지나가며 시선을 끌지만, 결코 빛나지 않는 타입의 여자였다. 하지만 봄밤처럼 젊은 록산은 사춘기 소녀 같은 웃음 하나로 자신의 성품을 드러내고 있었다.

제프리와 잘 어울려. 해리는 다시 생각했다. 둘 다 젊은 사람들이야. 저러다 어느 날 갑작스럽게 늙을 테지만, 그러기 전까지는 아주 젊어 보일 그런 유형들이지.

이런 생각을 하면서도 해리의 마음은 계속해서 아내에게 쏠려 있었다. 키티 때문에 너무 절망스러웠던 것이다. 해리가 보기에 키티는 시카고로 아기를 데리고 돌아올 만큼 건강해졌다. 하지만 친구의 아내와 친구에게 계단 아래에서 굿나잇 인사를 할 때 키티 생각은 저만치 사라져 있었다.

"우리 집에 묵는 첫 정식 손님이세요." 록산이 그의 뒤통수에 대고 외쳤다. "신나고 자랑스럽지 않나요?"

그가 계단참을 돌아 시야에서 사라지자 록산은 자기 옆에 서서 한쪽 손을 계단 난간 끝에 얹고 있는 제프리 쪽으로 돌아섰다. "지쳤어? 여보?"

제프리는 손가락으로 이마 가운데를 문질렀다.

"조금. 어떻게 알지?"

"내가 어떻게 당신에 대해 모를 수가 있겠어?"

"두통 때문이야." 그가 침울하게 말했다. "머리가 쪼개질 것 같아. 아스피린 좀 먹어야겠어."

록산은 손을 뻗어 불을 껐다. 제프리는 그녀의 허리에 팔을 바짝 둘렀다. 둘은 그렇게 같이 계단을 올라갔다.

2

해리가 머무른 한 주가 지나갔다. 이들은 꿈속 같은 길로 이리저리 드라이브를 하거나 호수나 잔디밭에서 즐겁게 그리고 실없이 빈둥거렸다. 저녁에는 남자들이 밖에 앉아 시가를 태웠다. 시가 끝이 타들어가 하얀 재로 변하는 동안 록산은 안에서 공연을 해주었다. 그러다 해리에게 동부로 데리러 와 달라는 키티의 전보가 도착했다. 그래서 록산과 제프리는 결코 지치지 않는 은밀함 속에 둘만 남겨졌다.

'둘만'이라는 데에 둘은 다시 신이 났다. 둘은 집 근처를 돌아다니며 서로의 존재에 대한 깊은 친밀감을 느꼈다. 테이블에 앉을 때에도 마주 보지 않고 신혼부부처럼 나란히 앉았다. 둘은 서로에게 강렬하게 몰입했고, 강렬하게 행복했다.

비교적 오래된 정착지였지만 말로우 시에 '사교계'가 생긴 지는 얼마 되지 않았다. 오륙 년 전 시카고 공기가 탁해지는 데에 놀라서 젊은 커플 두세 쌍, 그러니까 '방갈로 족'들이 이사를 왔고, 그 친구들이 뒤따라왔다. 제프리 부부가 왔을 때에는 이미 환영 준비가 된 세트장이 만들어져 있었다. 컨트리 클럽에, 무도회장에, 골프장이 하릴없이 늘어서 있었다. 또한 브리지를 두는 파티와 포커 파티, 맥주 파티, 아무것도 안 마시는 파티들도 열렸다.

해리가 떠난 지 일주일 후 둘은 포커 파티에 가 있었다. 테이블은 둘이었고, 젊은 아내들이 적당한 비율로 섞여 담배를 피우고 베팅을 하고 있었다. 당시로 치면 상당히 노골적이고 남성적인 풍경이었다.

록산은 포커 게임에서 빠져나와 집안을 둘러보았다. 이리저리 헤매다 식품 저장고에 들어갔고 포도 주스를 찾았다. 맥주를 마셔서 머리가 아픈 참이었다. 그녀는 이 테이블 저 테이블로 옮겨 다니며 어깨 너머로 패를 쥔 손들을 바라보면서 차분히 즐거움과 만족감을 느꼈다. 그러면서도 줄곧 제프리에게서 눈을 떼지 않고 있었다. 제프리는 앞에 온갖 색의 칩들을 한 무더기 쌓아 두고 열심히 포커에 집중하고 있었다. 미간에 잡힌 주름을 보고 록산은 그가 게임에 푹 빠져들었다는 것을 알았다. 록산은 제프리가 작은 것들에 관심을 쏟는 모습이 좋았다.

록산은 조용히 방을 가로질러 그가 앉은 의자 팔걸이에 앉았다. 그렇게 그녀는 5분을 앉아 있었다. 록산은 남자들이 이따금 날

카롭게 떠드는 소리, 여자들이 부드러운 연기를 피우듯 몽글몽글 이야기하는 소리를 듣고 있었지만, 그 어느 쪽도 귀를 기울이고 있지는 않았다. 그러다가 별 생각 없이 손을 뻗었다. 제프리의 어깨에 얹을 심산이었다. 하지만 손이 닿자마자 제프리가 벌컥 화를 내며 팔을 휘둘러 뿌리치는 바람에 그의 팔이 록산의 팔꿈치를 비스듬히 치고 말았다.

모두가 헉 하고 놀랐다. 록산은 균형을 잡으며 나직한 외마디 비명을 지르고는 재빨리 일어났다. 생애 최대의 충격이었다. 그 상냥하고 배려심 있는 제프리가 이렇게 본능적으로 거친 동작을 보이다니.

이제 놀라움은 침묵이 되어 있었다. 열두 쌍의 눈이 제프리에게 쏠렸다. 제프리는 록산을 처음 보는 것처럼 올려다보고 있었다. 당황스러운 표정을 짓고 있었다.

"아니, 록산…." 그가 머뭇머뭇 말했다.

재빨리 지켜보는 열두 사람의 머릿속에 의심이 솟구쳤다. 추문으로 발전할 이야깃거리였다. 이 부부는 겉보기에는 사랑에 흠뻑 빠져 있는 듯 보이는데 혹시 그 겉모습 아래 묘한 적의가 도사리고 있는 건 아닐까? 그렇지 않다면 구름 한점 없는 하늘에 왜 이렇게 불꽃이 번쩍이는 거지?

"제프리!" 록산의 목소리는 호소조였다. 놀라고 겁에 질려 있었지만 실수였다는 건 알고 있었다. 그를 탓하거나 그에게 화를 내야 한다는 생각은 추호도 없었다. 그녀의 말은 떨리는 탄원이었다. "나한테 말해봐, 제프리. 록산에게, 당신의 록산에게 말해봐."

"아, 록산." 제프리가 다시 말문을 열었다. 당황한 표정은 고통으로 바뀌었다. 록산만큼 그도 놀란 게 분명했다. "그러려고 한 게 아니야." 그가 말을 이었다. "당신 때문에 놀랐어. 누군가 나를 공격하는 줄 알았어. 내가 어떻게, 아니 내가 너무 바보같이 굴었어."

"제프리!" 이 말은 기도였고, 새롭고 가늠할 수 없는 어둠을 관통해 저 높은 곳에 존재하는 신에게 바치는 향과도 같았다.

둘 다 자리에서 일어섰다. 둘은 이만 돌아가 보겠다고 말하며, 더듬거리며 사과를 하고, 설명을 했다. 일어난 일을 쉽게 넘기려는 시도는 없었다. 그런 대처는 신성모독을 낳기 마련이었다. 제프리가 몸이 좋지 않았다고 둘은 말했다. 긴장해 있었다고 했다. 하지만 둘의 머릿속 깊은 곳에는 제프리의 행동에 대한 설명할 수 없는 공포가 자리 잡고 있었다. 둘 사이에 잠시나마 존재했던 그 놀라움, 그의 분노와 그녀의 두려움. 이제 둘은 잠시 슬픔에 잠겼다. 지금으로서는, 의심의 여지없이, 아직 시간이 있기에 둘은 다시 단번에 이어지겠지만. 둘의 발아래 거센 물결이 철썩거리고 있는 걸까? 지도에도 없는 갈라진 틈이 번뜩이는 깊은 아가리를 드러낸 것일까?

보름달 아래 주차된 차에 올라 제프리는 더듬더듬 말했다. 그 일은 자신도 이해할 수 없다고. 포커 게임만 생각하고 있었고, 너무 몰입해 있어서 어깨를 건드리는 손길이 공격처럼 느껴졌다고. 손을 뿌리치자 그 느낌이, 그 불안함이 사라졌다고. 그게 그가 아는 전부였다.

둘은 눈물이 그렁그렁한 채 말로우의 고요한 거리들을 지나가며 드넓은 밤 아래 사랑을 속삭였다. 이후 잠자리에 들었을 때 둘은 아주 차분했다. 제프리는 일을 일주일 쉴 작정이었다. 이 초조함이 사라질 때까지 그저 나른히 빈둥거리며 잠을 자고 오랫동안 산책이나 할 작정이었다. 이렇게 결정하자 록산도 마침내 안정을 되찾았다. 머리 아래 고인 베개가 다시 부드럽고 포근해졌다. 둘이 누운 침대는 넓게 느껴졌고, 창문에서 쏟아져 들어오는 빛 아래에서 하얗고 든든해 보였다.

닷새 후 때이른 첫 추위가 닥쳐온 날 늦은 오후, 제프리는 떡갈나무 의자를 집어 들어 정면 창으로 던져버렸다. 그는 아이처럼 소파에 누워 고통스럽게 울며 죽여 달라고 애원했다. 구슬 크기만 한 핏덩어리가 그의 뇌를 망가뜨렸던 것이다.

3

때때로 하룻밤 혹은 이틀 밤 잠을 못자면 눈을 뜬 채 악몽을 꿀 때가 있다. 새로 돋는 태양과 더불어 엄청난 피로감이 급습하면서 주변 삶의 질은 확 달라진다. 누군가 영위하던 삶이 알고 보니 그저 삶의 가지에 돋은 순에 불과하고, 그저 영화나 거울처럼 삶을 비추며 사람들, 거리들, 집들은 아주 희미하고 혼란스러운 과거가 투사된 그림자에 불과하다는 것을 전적으로 명료하게 확신하게 되기도 한다.

제프리가 아픈 첫 몇 달 동안 록산은 그런 상태였다. 록산은 완전히 녹초가 되었을 때만 잠을 청했고, 구름이 낀 것 같은 상태로 눈을 떴다. 차분한 목소리로 이어지는 기나긴 진찰, 복도에 희미하게 배어드는 약 기운, 한때 수많은 즐거운 발자국 소리가 울려 피졌던 집안을 걸어 다니는 갑작스러운 까치걸음, 그리고 무엇보다도 함께 누웠던 침대에서 베개를 베고 누운 제프리의 하얀 얼굴, 이 모든 것들이 그녀를 짓눌렀고, 돌이킬 수 없이 늙게 만들었다. 의사들은 희망을 제시하긴 했지만, 그게 전부였다. 오래 휴식을 취하고 조용히 안정을 취하세요, 그들은 말했다. 책임은 록산의 몫이 되었다. 생활비를 대고, 그의 은행 통장을 놓고 고민하고, 출판사들과 연락한 건 록산이었다. 그녀는 끊임없이 부엌에 머물렀다. 간호사로부터 그의 식사를 준비하는 법을 배웠고, 첫 달이 지난 후 병실을 온전히 떠맡았다. 경제적인 이유로 간호사를 내보내야만 했기 때문이다. 흑인 가정부 중 한 명도 이때 떠났다. 록산은 비로소 알게 되었다. 자신들이 연달아 단편 소설을 투고하며 먹고 살아왔다는 것을.

가장 자주 찾아오는 이는 해리 크롬웰이었다. 그는 이 소식에 놀라고 절망했다. 이제는 아내가 시카고에서 그와 함께 지내고 있었지만, 그는 한 달에도 여러 번 시간을 내어 찾아왔다. 록산은 그의 연민이 반가웠다. 그가 가까이 있으면 고통을 겪어본 사람의 자질, 내면에 품은 동정심이 사람을 편안하게 만들었다. 록산의 본성은 갑자기 심오해졌다. 그녀는 그토록 가지기를 원했던 아이들도 제프리와의 사이에서는 영원히 없으리라는 것을 알았다.

제프리가 쓰러진 지 육 개월이 지났다. 악몽이 잦아들면서 이전의 세상은 가버렸고 새로운 세상, 회색빛 차가운 세상만이 펼쳐지고 있던 어느 날, 록산은 해리 크롬웰의 아내를 만나기 위해 기다리고 있었다. 시카고에 갔다가 돌아오는 기차 편 탑승 시간이 한 시간 남았을 때 예의상 방문해 보기로 했던 것이다.

안으로 걸어 들어가자마자 록산은 그 아파트가 전에 본 적이 있는 어딘가와 아주 비슷하다는 인상을 받았다. 그리고 이내 어린 시절 모퉁이를 돌면 있던 제과점을 기억해 냈다. 분홍 당의를 입힌 케이크들이 줄지어 진열되어 있던 그 제과점, 고루한 분홍, 음식 색을 한 분홍, 의기양양하고 저속하고 혐오스러운 그런 분홍으로 도배된 장소.

이 아파트 또한 그랬다. 분홍이었다. 냄새조차 분홍이었다.

크롬웰 부인은 분홍과 검은색 가운을 두르고는 문을 열어주었다. 머리는 노랗고 잔뜩 부풀려져 있어서 매주 머리를 헹구는 물에 과산화수소를 들이 부었나 하는 생각이 들 정도였다. 갸름하고 창백한 푸른 눈의 키티는 예쁜 얼굴에 너무 드러내 놓고 우아했다. 어찌나 단호하게 다정하고 친밀한지, 적의가 순식간에 환대에 녹아들었기에 단지 얼굴과 목소리에서만 환대가 느껴졌다. 깊은 내면에 도사린 자만 덕에 적의와 환대가 서로 섞이지 못하고 겉돌고 있었다.

하지만 록산에게 이런 것들은 부차적이었다. 그녀의 가운에서 기묘한 매력을 발견한 록산의 눈은 그리로 자꾸 돌아가 머물렀다. 불쾌할 정도로 불결한 가운이었다. 아랫단부터 4인치 위까지는 바닥을 쓸고 다닌 먼지로 누가 봐도 더러웠다. 그 위의 3인치는 회색이었다. 그 위부터는 점차 원래 가운의 색인 분홍색이 보였지만 소매와 깃은 또 더러웠다. 키티가 현관 복도로 안내해 들어가며 고개를 돌릴 때 그 목도 마찬가지로 더러웠다.

한쪽이 일방적으로 떠드는 대화가 시작되었다. 크롬웰 부인은 좋아하는 것, 싫어하는 것, 자신의 머리, 자신의 위, 자신의 치아, 자신의 아파트에 대해 명확하게 얘기했다. 마치 타격을 받은 록산의 인생이 자신을 내버려두고 빙 둘러 우회하기를 바라기라도 하는 것처럼 일종의 무례한 꼼꼼함으로 그녀는 록산의 삶에 대해 말하는 것을 피했다.

록산은 미소를 지었다. 저 기모노 가운! 저 목!

오 분쯤 후에 작은 소년이 아장아장 거실로 걸어 들어왔다. 분홍색 롬퍼스(일체형 아기옷 - 옮긴이)를 입은 작고 더러운 사내아이였다. 얼굴에 뭐가 잔뜩 묻어 있었다. 록산은 아이를 무릎에 데려와 앉히고 코를 닦아주고 싶었다. 머리의 다른 부분들도 손길이 필요했고, 작은 신발은 발가락 부분이 터져 있었다. 차마 언급할 수도 없는 꼬락서니였다!

"어머, 참 예쁜 아이구나!" 록산이 빛나는 미소를 지어 보였다. "이리 와 보렴."

크롬웰 부인은 자기 아들을 차갑게 쳐다보았다.

"더러워질 거예요. 저 얼굴 좀 보세요." 그녀는 머리를 한쪽으로 기울이며 아들을 비판하듯 뜯어보았다.

"아이가 정말 예뻐요!" 록산이 다시 말했다.

"아이 옷을 보세요." 크롬웰 부인이 찡그리며 말했다. "롬퍼스를 갈아입어야겠네, 그렇지, 조지?"

조지는 엄마를 의아하다는 듯 올려다보았다. 아이에게 옷이라는 단어는 이것처럼 얼룩이 진 의류가 당연한 듯했다.

　"오늘 아침에 아이를 깔끔하게 차려입히려고 애를 썼는데 말이지요." 인내심이 바닥이 난 크롬웰 부인이 투덜거렸다. "그런데 갈아입을 롬퍼스가 없더라고요. 그래서 벗고 돌아다니게 하느니 그냥 다시 저걸 입혔어요. 그리고 얼굴은 왜 또 저 모양…."

　"롬퍼스가 몇 벌이 있나요?" 록산의 목소리는 짐짓 호기심으로 물어보는 듯 명랑했다. '깃털 부채는 몇 개 가지고 계세요?'라고 묻는 듯한 그런 목소리였다.

　"음…." 크롬웰 부인이 그 예쁜 이마에 주름을 잡더니 생각에 잠겼다. "다섯 벌요. 많죠."

　"오십 센트면 한 벌 살 수 있어요."

　크롬웰 부인의 눈에 놀라움이 서렸다. 동시에 희미하지만 우월감도 서렸다. 롬퍼스의 가격을 내나니!

　"정말인가요? 몰랐어요. 롬퍼스는 분명 많이 있는데, 빨랫감을 맡기러 보낼 틈이 이번 주 내내 없었어요." 그녀는 부적절한 주제라는 듯 화제를 돌려버렸다. "보여드릴 게 있어요."

　둘은 자리에서 일어났다. 뒤를 따라가며 문이 열린 욕실 안을 보니 옷이 바닥에 여기저기 흩어져 있어서 정말로 빨랫감을 맡기지 않은 지 꽤 되었다는 걸 알 수 있었다. 욕실을 지나니 분홍의

정수를 모아둔 듯한 방이 나왔다. 크롬웰 부인의 방이었다.

주인 여자는 옷장 문을 열더니 놀라운 란제리 컬렉션을 보여주었다. 하늘하늘 비치는 레이스와 실크로 된 란제리 수십 벌이 하나같이 깨끗하고 주름 하나 없이, 심지어 건드린 자국도 없이 걸려있었다. 그 옆 옷걸이에는 새 이브닝 드레스 세 벌이 걸려있었다.

"예쁜 것들이 좀 있어요." 크롬웰 부인이 말했다. "하지만 입을 기회가 별로 없죠. 해리는 나가는 걸 별로 좋아하지 않아요." 분노가 목소리에 배여 있었다. "그이는 내가 낮에는 꼬박 유모에 가정부 노릇이나 하고 밤에는 사랑스러운 아내 노릇이나 해야 더할 나위 없이 만족스러운 가봐요."

록산이 다시 미소를 지었다.

"예쁜 옷들이 있으시군요."

"네, 그래요. 이번에는 이걸 보여드릴…"

"예뻐요." 록산이 말을 끊으며 같은 말을 되풀이했다. "그런데 기차를 놓치지 않으려면 뛰어가야 해서요."

손이 부들부들 떨리는 것 같았다. 그 여자를 붙들고 흔들어 버리고 싶었다. 흔들고 싶었다. 그녀를 어딘가에 가둬두고 바닥을 솔질하고 싶었다.

"아름답네요." 그녀는 같은 말을 되풀이했다. "저는 잠깐 들른 거라서요.”

“아, 해리가 없어서 유감이에요.”

둘은 문 쪽으로 나갔다.

“그리고, 저기,” 록산이 힘들게 말했다. 여전히 목소리는 상냥했고 입에는 미소를 띠고 있었다. “롬퍼스는 아질스에서 구매하실 수 있을 거예요. 그럼 안녕히 계세요.”

기차역에 도착해서 말로우로 가는 표를 사고서야 록산은 깨달았다. 6개월 만에 처음으로 5분 동안은 제프리 생각을 전혀 하지 않았다는 것을.

4

일주일 후 해리가 말로우에 모습을 드러냈다. 다섯 시에 예고도 없이 들이닥쳐 현관 의자에 지친 상태로 축 늘어져 앉았다. 록산도 바쁜 하루를 보내고 지친 상태였다. 의사들이 다섯 시 반에 오기로 되어있었다. 그들이 뉴욕에서 촉망받는 신경과 전문의를 데려오는 참이었다. 록산은 흥분과 깊은 절망감을 동시에 느꼈지만, 해리의 눈을 보니 그 옆에 가서 앉지 않을 수가 없었다.

"무슨 일이에요?"

"아무것도 아니에요, 록산." 그가 도리질을 했다. "제프리가 잘 지내나 보러 온 거예요. 나한테 신경 안 써도 돼요."

"해리." 록산이 고집을 피웠다. "무슨 일이 분명 있는데요."

"없어요." 해리가 같은 말을 했다. "제프리는 어때요?"

불안으로 그녀의 얼굴이 어두워졌다.

"좀 나빠졌어요. 닥터 제윗이 뉴욕에서 오셨어요. 뭔가 최종적인 얘기를 해줄 수 있나 봐요. 그분이 초기에 생겼던 핏덩어리와 이 마비 현상이 관계가 있는지 알아볼 거예요."

해리가 자리에서 일어섰다.

"아, 미안해요." 그가 급히 주워섬겼다. "전문의 진료를 앞두고 있는지 몰랐어요. 알았더라면 안 왔을 거예요. 그냥 한 시간 정도 현관 의자에 앉아 흔들거릴까 했지요."

"앉으세요." 록산이 권했다.

해리는 망설였다.

"앉아요, 해리." 록산의 친절함이 흘러나와 그를 감쌌다. "무슨 일 있는 거 알아요. 백지장처럼 새하얀걸요. 차가운 맥주 한 병 가져다 드릴게요."

즉시 그는 의자에 털썩 주저앉아서 손으로 얼굴을 감싸 쥐었다.

"난 아내를 행복하게 해줄 수가 없어요." 그가 천천히 말했다.

"난 노력하고 또 노력했어요. 오늘 아침에 아침 식사를 두고 한 바탕 했어요. 나는 늘 시내에 가서 아침을 먹거든요. 내가 출근을 하자마자 아내는 집을 떠나 동부에 있는 친정으로 갔어요. 조지를 데리고 레이스 속옷도 한 가방 가득 꾸려서요."

"해리!"

"난 모르겠어요."

자갈들이 밟히는 소리가 들리며 차 한 대가 진입로로 들어섰다. 록산이 작게 아쉽다는 듯 내뱉었다. "닥터 제윗이 왔어요."

"아, 나는…"

"기다려요, 그럴 거죠?" 록산이 별생각 없이 말을 끊었다. 그는 그녀의 수심에 찬 얼굴을 보고 이미 자기 문제는 그녀의 안중에 없다는 것을 알았다.

애매모호하게 간단한 소개를 하는 시간이 당황스럽게 지나가고 난 후 해리는 사람들을 따라 안으로 들어가 그들이 위층으로 올라가 사라지는 것을 지켜보았다. 그는 서재로 가서 거기 있는 큰 소파에 앉았다.

한 시간 동안 그는 지는 햇살이 여러 겹의 꽃무늬 친츠 커튼을 따라 올라오는 것을 지켜보았다. 그 깊은 정적 가운데 안쪽 유리창에 갇힌 말벌이 윙윙거리는 소리가 사태의 절박함을 알려주고 있었다. 때때로 위층에서도 웅웅거리는 소리가 들려왔다. 마치 휠

씬 큰 말벌 여러 마리가 더 커다란 유리창 안에 갇혀 내는 소리처럼 들렸다. 내려오는 발자국 소리, 병들이 짤그랑거리는 소리, 물을 쏟았는지 난리를 피우는 소리가 들려왔다.

그와 록산이 대체 무엇을 했길래 삶은 이들에게 치명타를 날리는 걸까? 위층에서는 살아있는 친구를 두고 사인을 밝히는 조사가 진행 중이었다. 그는 말벌의 비탄 어린 날갯짓 소리를 들으며 조용한 방에 앉아 있었다. 어릴 적 엄격한 숙모가 말썽을 뉘우치라며 의자에 앉혀 둔 적이 있었다. 하지만 지금은 누가 여기 앉힌 걸까? 어떤 지독한 숙모가 하늘에서 손을 뻗어 그를 여기에 끌어다 앉힌 걸까? 도대체 뭘 잘못했다고?

키티에 대해서 그는 그저 속수무책이었다. 그녀와 사는 데에는 돈이 너무 들었다. 그건 극복할 수 없는 난관이었다. 문득 그녀가 싫어서 견딜 수가 없었다. 그녀를 쓰러뜨리고 걷어차고 싶었다. 사기꾼에 거머리라고, 지저분하다고도 말해주고 싶었다. 거기에다 아들도 돌려줘야 한다고 말하고 싶었다.

해리는 벌떡 일어나 방을 이리저리 걷기 시작했다. 동시에 누군가 그와 똑같은 템포로 거실을 따라 계단을 오르는 소리가 들려왔다. 저 사람이 복도 끝에 닿을 때까지 같은 페이스로 걸을지 문득 궁금해졌다.

키티는 친정에 가고 없었다. 신이 도우시길. 돌아갈 엄마도 있고 말이지. 엄마와 딸이 만나는 장면을 상상해보려고 했다. 학대당한 아내가 엄마의 가슴에 쓰러지듯 안기는 장면을 연출하겠군. 하지만 상상이 되지 않았다. 키티가 조금이라도 깊이 슬퍼하는 모습을 믿을 수 없었다. 살아보니 그녀는 붙임성도 없는 차가운 여자라고 생각할 수밖에 없었다. 물론 키티는 이혼을 할 것이고, 그러다 재혼을 할 터였다. 이 상황을 고려해보기 시작했다. 키티는 누구와 결혼할까? 그는 씁쓸하게 웃다가 멈칫했다. 한 장면이 머릿속을 스쳐 지나갔기 때문이었다. 키티가 얼굴이 보이지 않는 어떤 남자에게 팔을 두르고 있고, 뻔한 열정에 휩싸인 그 입술은 누군가의 입술과 맞닿아 있었다.

"제길!" 그가 큰 소리로 외쳤다. "제기랄, 제기랄, 제기랄!"

여러 장면들이 몰려들며 빠르게 지나갔다. 오늘 아침 키티의 모습은 사라졌다. 때묻은 기모노 자락이 말아 올려지며 사라지고, 부루퉁한 표정도, 분노도, 눈물도 모두 씻겨내려가 버렸다. 그녀는 다시 키티 카였다. 노란 머리에 아기 같은 예쁜 눈을 가진 키티 카. 아, 그땐 키티가 그를 사랑했었다, 그를…사랑했었다.

한참이 지나서야 그는 무언가 잘못되었다는 것을 알았다. 키티와 제프리와 관계없는 무언가, 다른 세계에 속하는 무언가가 잘못되었다. 놀랍게도 마침내 이 느낌이 덮쳐왔다. 배가 고팠던 것이다. 이토록 간단하다니! 부엌에 금방 가서 흑인 요리사에게 샌드위치를 하나 만들어 달라고 하면 되었다. 그리고 도시로 돌아가면 될 일이었다.

그는 벽 앞에 멈춰 서서 무언가 둥근 물체를 잡아채어 무심히 손으로 더듬었다. 그리고 그것을 입에 가져가 마치 아기가 멋진 장난감을 맛보는 것처럼 맛보았다. 이는 그것을 씹어 댔다. 아!

키티는 그 망할 기모노, 그 더러운 분홍색 기모노를 두고 갔다. 챙겨갈 예의조차 없었다. 그건 그들의 역겨운 결혼 생활이 남긴 시체처럼 집안에 걸려있을 터였다. 던져버리려고 시도할 테지만, 결코 없어지는 못할 터였다. 마치 부드럽고 유연하지만 절대 침투할 수 없는 키티와 꼭 같았다. 키티는 움직일 수도 없고, 닿을 수도 없었다. 그녀에게 닿을 만한 것이 아무것도 없었다. 해리는 그것을 완벽하게 이해하고 있었다. 그는 줄곧 알고 있었던 것이다.

그는 벽쪽으로 손을 뻗어 또 하나의 비스킷을 힘을 주어 못과 함께 뜯어냈다. 가운데 박힌 못을 조심스레 제거하고는 아까 먹은 비스킷에 박힌 못까지 다 먹어 치운 건 아닌지 멍하게 의심해보았다. 터무니없는 생각이었다. 못이 컸기 때문에 먹었으면 기억이 날 터였다. 배를 만져보았다. 굉장히 배가 고팠던 게 분명했다. 생각해보니 어제 저녁도 먹지 않은 게 기억이 났다. 여자들이 모여 노는 날이었고 키티는 초콜릿 과자를 먹으며 침대에 누워 있었다. 그가 옆에 오면 숨이 막힐 것 같아서 참지 못하겠다고 그녀는 말했다. 해리는 조지를 목욕시키고 재운 후 자신이 먹을 저녁을 차리기 전 잠시 소파에 누워 쉴 요량이었다. 깜박 잠이 들었다 깨어나 보니 열한 시였고, 아이스박스 안에는 감자 샐러드 한 숟가락 밖에 남아있지 않았다. 그 샐러드와 키티의 서랍에서 찾은 초콜릿 과자를 먹은 게 어제 저녁식사의 전부였다. 오늘 아침 그는 출근하기 전 서둘러 시내에서 아침을 먹었다. 하지만 정오가 되자 키티가 걱정되었다. 집에 돌아가 그녀를 데리고 나와 점심을 함께 해야겠다고 생각했다. 그런데 그의 베개 위에 쪽지가 하나 남겨져 있었다. 옷장 안을 가득 채웠던 한 무더기의 란제리는 사라지고 없었다. 자기 트렁크를 보내라는 지시사항을 남겨둔 채 그렇게 키티는 가버렸다.

평생 이렇게 배고팠던 적이 없다는 생각을 했다.

다섯 시, 방문 간호사가 조용히 아래로 내려왔고 그는 카펫을 물끄러미 내려나보며 소파에 앉아있었다.

"크롬웰 씨?"

"네?"

"커튼 부인이 저녁을 함께 못하실 것 같아요. 몸이 좋지 않으세요. 저한테 요리사가 뭐든 준비해 줄 거고 남는 침대방이 있다고 전하라고 하셨어요."

"부인이 아프다고요?"

"자기 방에 누워 계세요. 진료가 막 끝났습니다."

"무슨 결론이 난 건가요?"

"네." 간호사가 부드럽게 말했다. "닥터 제윗은 희망이 없다고 하세요. 제프리 커튼 씨는 계속 살겠지만, 다시는 보지도 움직이지도 생각하지도 못할 거라고요. 그냥 숨만 쉬고 있을 거래요."

"그냥 숨만 쉰다고요?"

"네."

간호사는 참으로 이국적인 장식이라 여긴 글쓰기 책상 옆 줄지어 붙어있던 열두 개의 신기한 둥근 물체가 하나만 남았다는 것을 그제서야 깨달았다. 나머지는 어디로 갔는지 이제는 작은 못 자국들만 남아있었다.

해리는 간호사가 시선이 가는 곳을 보고는 얼른 일어섰다.

"묵지 않으려고요. 기차가 있을 겁니다."

간호사가 고개를 끄덕였다. 해리는 모자를 집어 들었다.

"안녕히 가세요." 간호사가 즐거이 말했다.

"안녕히 계십시오." 그는 혼잣말을 하듯 대답하고는 나가다가 멈춰 섰다. 간호사는 그가 무의식적인 필요에 사로잡힌 채 마지막 남아있던 둥근 물체를 벽에서 뽑아 들더니 주머니 속에 넣는 것을 보았다. 그는 채광문을 열고는 현관 계단을 내려가 그녀의 시야에서 사라졌다.

5

시간이 지나면서 제프리 커튼의 집에 칠해졌던 새하얀 페인트는 7월의 태양을 숱하게 거치면서 회색빛으로 변한 채 여전히 남아있었다. 페인트는 부슬부슬 일어났다. 갈라진 오래된 페인트는 큰 덩어리로 조각조각 벗겨져서 기괴한 체조 동작을 연습하는 노인의 모습처럼 뒤쪽으로 휘더니 마침내 아래의 웃자란 잔디로 떨어져서 곰팡이 핀 최후를 맞았다. 앞쪽 기둥에 칠한 페인트에는 죽죽 금이 갔고, 왼쪽 문설주에 달려있던 흰 공은 떨어지고 없었다. 녹색 차양은 짙어지다 못해 색감을 모두 잃었다.

마음 약한 이들은 이 집을 피했다. 교회가 대각선 맞은편 땅을 공동묘지 부지로 매입을 하는 바람에, '커튼 부인이 살아있는 시체와 사는 집'에 더해져서 그 도로 구역에 무시무시한 분위기를 풍기기에 충분했다. 그렇다고 그녀가 혼자 남겨진 것은 아니었다. 여러 남녀가 그녀를 보러 왔고, 록산은 시내에서 장을 보러 가서 이들과 마주쳤다가 이들 차를 타고 집에 오고, 이들은 잠시 들어와 담소를 나누고 쉬다 가곤 했다. 록산은 여전히 미소를 지으며 빛나는 모습으로 이 일들을 해냈다. 하지만 록산을 모르는 남자들은 더 이상 거리에서 그녀를 찬탄의 시선으로 바라보지 않았다. 뿌연 베일이 내려와 그녀의 아름다움을 덮어서 그 생기를 죄다 앗아간 것 같았다. 하지만 아직 주름도 군살도 없었다.

록산은 마을에서 기인이 되었다. 그녀에 대해 이런저런 소소한 이야기들이 떠돌았다. 모든 동네가 꽁꽁 얼어붙어서 마차도 자동차도 다닐 수 없었던 어떤 겨울에 어떻게 그녀가 스케이트 타는 법을 익혀서 남편을 혼자 오래 두지 않고 재빨리 스케이트를 타고 식료품 가게와 약국에 다녀왔는지와 같은 이야기였다. 남편이 마비된 이후 매일 밤 그의 침대 옆에 작은 침대를 두고 그의 손을 잡고 잔다는 이야기도 있었다.

제프리 커튼에 대해서는 이미 죽은 사람에 대해 말하듯 이야기가 오고 갔다. 세월이 지나면서 그를 알던 이들은 죽거나 이사가 버렸다. 함께 칵테일을 마시고 서로의 아내를 이름으로 부르고 제프리가 말로우에서 가장 재치 있고 재능이 있다고 생각했던 옛 친구들 무리 중에서 대여섯만 남아 있었다. 예고 없이 들른 방문객에게 제프리라는 존재는 그저 커튼 부인이 때로 양해를 구하고 위층으로 올라가는 변명거리에 불과했다. 아니면 그는 일요일 오후의 무거운 공기 속 잠잠한 객실에 퍼지는 신음 소리와 날카로운 외침 소리로만 남아있었다.

그는 움직일 수가 없었다. 앞을 전혀 볼 수 없었고, 말도 못 했고, 의식도 전무했다. 하루 종일 그는 침대에 누워 있었다. 매일 아침 록산이 방을 정리할 때에만 잠시 휠체어로 자리를 옮길 뿐이었다. 그의 마비는 천천히 그의 심장으로 퍼지고 있었다. 처음에, 그러니까 첫해에는 록산이 손을 잡으면 답을 하는 듯 손에 힘이 들어왔다 사라지는 것을 느낄 수 있었다. 하지만 어느 날 이조차 사라져서는 다시 그런 일은 없었다. 록산은 이틀 밤을 흰 눈을 뜨고 어둠을 바라보며 새웠다. 무엇이 사라진 걸까, 한 조각 남아있던 그의 영혼이 날아가 버린 걸까, 망가진 신경들은 한톨의 이해라도 저 뇌에 전달하고 있는 걸까, 그렇게 갸웃거렸다.

저명한 신경 전문의를 포함해서 많은 이들이 그녀에게 분명한 암시를 주었다. 너무 애써서 돌보아 봤자 소용없다고. 제프리가 의식이 있었다면 죽기를 바랐을 거라고, 그의 영혼이 공중을 떠돌고 있다면 그녀가 그렇게 희생하는 것을 원치 않고 육신의 감옥에서 자신을 놓아 달라고 했을 거라고.

"하지만 말이에요." 그녀가 가만히 고개를 저으며 답했다. "전 제프리 아내잖아요. 내가 그를 그만 사랑할 때까지는 난 그 사람 아내예요."

"그렇지만," 반박하는 목소리는 말했다. "저건 제프리의 껍데기에 불과해요. 저걸 사랑할 수는 없잖습니까."

"과거 모습을 사랑할 수는 있어요. 그 밖에 내가 또 뭘 하겠어요?"

전문의는 어깨를 으쓱해 보이고는 가버렸고, 커튼 부인은 놀라운 여성이며 천사처럼 착하다고 말했다. 하지만, 그는 이 말도 덧붙였다. "너무 딱하단 말이지."

"남자들이 있을 텐데. 십여 명은 될 텐데. 그 여자를 기꺼이 돌보려고 하는 남자들 말이야."

당연히 있었다. 여기저기서 누군가가 희망을 품고 다가왔다가 존경하는 마음으로 물러갔다. 여자에게 남은 사랑은, 너무도 신기하게도, 삶에 대한 사랑 외엔 없었다. 여유가 없지만 내어주는 음식을 받아가는 부랑자에서부터 정육점 고기 도마 건너 싸구려 스테이크 조각을 파는 정육점 주인까지 그런 사람들에 대한 사랑만 남아 있었다. 말 없는 미이라 속 어디에서인가 다른 단계가 마무리되었다. 그는 그저 나침반의 바늘처럼 기계적으로 등불 쪽으로 얼굴을 돌리고 누워서 마지막 파도가 그의 심장을 쓸어 가기를 말없이 기다리고 있을 뿐이었다.

11년 후 어느 5월 밤, 그는 죽었다. 라일락 향기가 창가에 머물고 밖에서 개구리와 귀뚜라미가 시끄럽게 우는 소리를 싣고 미풍이 불던 밤이었다. 록산은 새벽 두 시에 깨어 마침내 집안에 자기 혼자만 남았다는 것을 불현듯 깨달았다.

6

이후 록산은 오후면 대개 세월에 잠식된 현관에 나와 앉아서 완만한 경사로 굽이쳐 내려가며 흰색과 녹색이 어우러진 시내 쪽으로 뻗은 들판들을 조용히 바라보았다. 남은 생은 어찌할지 궁리 중이었다. 이제 서른여섯에, 예쁘고 튼튼하고 자유로웠다. 여러 해를 거치며 제프리의 보험은 다 고갈되고 없었다. 원치 않았지만 집 오른쪽과 왼쪽의 땅 몇 에이커들을 팔아야 했고, 집을 담보로 대출도 받은 상태였다.

남편이 죽고 나니 몸 놀릴 일이 없어지면서 불안이 급습했다. 아침에 남편을 돌보고, 시내로 급히 달려가던 일이 그리웠다. 식료품상이나 정육점에서 짧을 수밖에 없었기에 오히려 돈독했던 이웃들과의 만남도 그리웠고, 2인분 요리를 하던 것도 그리웠고, 미음 같은 음식을 그를 위해 정성껏 준비하던 것도 그리웠다. 에너지가 넘치던 어느 날에는 밖으로 나가 여러 해 동안 손 놓고 있던 정원 전체에 삽질을 하기도 했다.

이제 밤에는 결혼의 영광과 고통의 산실이었던 방에 록산 혼자였다. 제프리를 다시 보기 위해 록산은 마음속에서 그 멋진 시간들로 거슬러 갔다. 그 이후의 문제가 있었던 시절을 바라보기보다는 강렬하고 열정적인 몰입과 동반자 관계가 있던 바로 그 시간으로. 그녀는 종종 잠에서 깨어 누워서는 옆에 누군가 있기를, 움직이진 못하지만 숨 쉬고 있는 제프리가 있기를 바랐다.

그가 죽고 육 개월이 지난 어느 날 오후 록산은 현관에 나와 앉아있었다. 검은 드레스 차림이라 그나마 남아 있던 몸의 곡선은 자취를 찾아볼 수 없었다.

인디언 서머 기간이라 주변은 온통 황금빛 갈색으로 물들어 있었다. 나뭇잎들이 한숨 쉬는 소리에 침묵이 깨지고, 서쪽 하늘 네시 방향 태양은 붉고 노란 빛줄기를 불타오르는 하늘에 길게 남기고 있었다. 이미 새들은 어딘가로 떠나가고 없었다. 기둥의 처마 돌림띠 위에 둥지를 튼 참새 한 마리만이 머리 위 아카시아 나무가 흔들릴 때마다 이따금씩 계속해서 짹짹 거릴 뿐이었다. 록산은 그 새를 잘 볼 수 있는 곳으로 의자를 옮겨 앉고는 오후의 품에 안겨 한가로이 꾸벅거리고 있었다.

해리 크롬웰이 시카고에서 저녁을 먹으러 오고 있었다. 8년 전 이혼을 한 후 그는 자주 방문했다. 이 둘 사이에는 의식 같은 것이 만들어져서 이를 죽 유지해오고 있었다. 해리가 도착하면 올라가서 제프리를 보러 갔다. 그는 침대 가에 걸터앉아 진심 어린 목소리로 묻곤 했다.

"이 봐, 제프리, 이 친구야, 오늘은 좀 어때?"

록산은 옛 친구가 말을 걸면 행여 알아차리는 낌새라도 제프리의 망가진 의식을 스쳐가지 않을까 바라며 옆에 서서 제프리를 골똘히 쳐다보고 있었다. 그러나 멀어버린 눈 뒤에 남은 무엇은 그저 오래전에 꺼진 불빛을 더듬으며 찾기라도 하듯, 창백한 조각 같은 그의 머리는 오로지 불빛만을 일관되게 쫓고 있을 뿐이었다.

이런 식의 방문이 8년 넘게 계속되었다. 부활절에도, 크리스마스에도, 추수감사절에도 그리고 일요일에도 해리는 자주 방문해서 제프리를 살폈고, 한동안 현관에 앉아 록산과 이야기를 나누었다. 해리는 록산에게 헌신적이었다. 그는 이런 마음을 숨기지도 않았지만 관계를 더 발전시키고자 하는 시도도 하지 않았다. 침대에 누운 살덩어리가 그의 가장 친한 친구였듯이 록산도 친한 친구였다. 그녀는 평화였고, 휴식이었으며, 과거였다. 그녀는 해리의 비극에 대해 알고 있는 유일한 사람이었나.

해리는 장례식에도 왔었다. 하지만 그 이후 해리가 근무하는 회사가 그를 동부로 발령 내는 바람에 이제는 출장을 와서야 시카고 인근에 올 수 있었다. 록산은 올 수 있으면 언제든 오라고 편지를 썼고, 그는 시카고에서 하룻밤을 묵고 기차를 타고 왔다.

둘은 악수를 나눴고, 그는 그녀가 흔들의자를 옮기는 것을 도왔다.

"조지는 잘 지내요?"

"잘 지내요, 록산. 학교가 마음에 드나 봐요."

"잘한 거예요. 조지를 그곳에 보낸 거요."

"물론 그…"

"조지가 많이 보고 싶나요, 해리?"

"그럼요. 보고 싶어요. 재미있는 애예요."

해리는 조지 얘기를 많이 했다. 록산은 흥미롭게 들었다. 다음 휴가 때 조지를 데리고 왔으면 했다. 록산은 조지를 단 한 번, 롬퍼스를 입고 있는 아기였을 때 외엔 보지를 못했다.

그녀가 저녁을 준비하는 동안 해리는 신문을 읽게 두었다. 오늘 밤엔 갈빗살 네 점과 정원에서 가꾼 철지난 야채들이 있었다. 다 차리고 나서 그녀는 그를 불렀다. 함께 앉아 둘은 조지에 대한 이야기를 계속했다.

"아이가 있었으면…" 록산이 하는 말이었다.

식사 후에 해리는 자신이 줄 수 있는 간단한 투자 조언을 해 주었고, 둘은 같이 정원을 걸었다. 여기저기 멈춰 서서 한때 시멘트 벤치가 있던 곳과 테니스장이 있던 곳을 둘러보았다.

"기억나요…?"

그러다 둘은 밀려오는 추억에 휘말려 떠내려갔다. 그날 그들은 모두 스냅 사진들을 찍었었다. 제프리는 두 다리를 벌리고 송아지를 타는 모습이 찍혔다. 해리가 제프리와 록산을 그린 스케치 속에서 둘은 잔디밭에 드러누워 머리를 거의 맞댄 모습이었다. 제프리는 비올 때 젖지 않고 이동하도록 헛간을 개조한 작업실과 집을 이어주는 격자 구조물을 세울 계획이었다. 하지만 남은 것이라고는 여전히 집 쪽에 붙어있는 부서진 삼각형 조각뿐이었고, 그건 이제 낡은 닭장처럼 보였다.

"그리고 그 박하술은 또 어땠고요!"

"제프리의 노트도요. 우리가 얼마나 웃었는지 기억나요, 해리? 제프리 주머니에서 그걸 꺼내서 한 장을 큰 소리로 읽었을 때요. 제프리가 얼마나 안달복달을 했던지요."

"난리를 쳤지요. 제프리는 자기 글에 대해서라면 애같이 굴었어요."

잠시 둘 다 말이 없었다. 그러다 해리가 입을 열었다.

"여기에두 집을 지으려고 했었지요. 기억나요? 인근 이십 에이커를 사려고 했었잖아요. 멋진 파티들을 열려고 했었는데."

또다시 말이 끊겼다. 이번에는 록산이 낮은 목소리로 질문을 던지며 침묵이 깨졌다.

"전부인 소식은 들으세요, 해리?"

"아, 그럼요." 그가 차분히 대답했다. "시애틀에 산대요. 호튼이라는 남자와 재혼했나 봐요. 목재왕이라나요. 나이가 한참 차이

나는 것 같아요."

"이제는 잘 지낸대요?"

"네, 내가 듣기로는 그래요. 이제는 모든 걸 다 가졌으니까요. 저녁 시간에 옷을 빼입는 거 빼고는 남편을 위해 따로 할 일도 없고요."

"그렇군요."

자연스럽게 그는 주제를 바꾸었다.

"이 집을 계속 갖고 있을 건가요?"

"그럴까 해요." 고개를 끄덕이며 그녀가 말했다. "여기서 너무 오래 살았어요, 해리. 이사 갈 생각을 못 할 정도로요. 간호사 교육을 받을까 생각했는데, 그러려면 여길 떠야 하잖아요. 그래서 하숙집을 할까 해요."

"같이 살면서 하숙치는 그런 하숙집을요?"

"아뇨. 사람을 둘 거예요. 하숙집 주인이 되면 이상할까요? 어쨌든 이 집에서 흑인 가정부를 한 명 두고 여름에는 여덟 명 정도, 겨울에는 구할 수 있으면 두세 명까지 손님으로 받아보려고 해요. 물론 집에 페인트칠을 새로 하고 내부도 손봐야 하지만요."

해리는 생각에 잠겼다.

"록산, 그러니까, 어떤 일을 할 수 있을지는 당신이 가장 잘 알 거예요. 하지만 충격적이기는 해요, 록산. 당신은 이 집에 새 신부로 왔으니까요."

"그럴지도요. 하지만 그래서 하숙집 주인이 되어서라도 이 집을 떠나고 싶지 않은 거예요."

"누군가 구웠던 비스킷들이 어땠는지 기억나는군요."

"아, 그 비스킷들요." 그녀가 외쳤다. "당신이 어떻게 먹어 치웠는지를 들었는데 그렇게 맛없지는 않았나 봐요. 그날 저는 너무 기운이 없었는데, 간호사가 비스킷 얘기를 해주었을 때 그만 정신없이 웃었어요."

"열두 개 못자국이 제프가 못질한 그대로 서재에 남아있는 걸 봤어요."

"맞아요."

이제 날이 저물고 있었다. 공기가 서늘해졌다. 작은 바람 한 줄기가 불어와 나뭇잎들을 마지막으로 흩뿌렸다. 록산은 가늘게 몸을 떨었다.

"들어가는 게 낫겠어요."

그는 시계를 봤다.

"늦었네요. 저는 가 봐야겠어요. 내일 동부로 갑니다."

"가야 하나요?"

둘은 흰 눈으로 가득 찬 것처럼 보이는 달이 멀리 호수가 펼쳐진 곳에서 떠오르는 것을 지켜보면서 잠시 현관 계단 층층대에서 머뭇거렸다. 여름은 이미 가고 이제는 인디언 서머였다. 풀은 서늘해서 엷은 안개도 이슬도 맺히지 않았다. 그가 떠난 후 록산은 안에 들어가 가스등을 켜고 겉문을 닫아 걸었다. 그는 길을 따라 마을로 계속 걸어갈 터였다. 이 둘에게 삶은 너무 빨리 왔다가 가버렸다. 남은 것은 쓰라림이 아니라 연민이었다. 남은 것은 환멸이 아니라 오직 고통이었다. 악수를 하며 서로의 눈에 깃든 친절함을 확인할 때에 이미 달빛은 충분히 밝았다.

비행기 환승 세 시간 전에

비행기 환승 세 시간 전에

　어쩌다 생긴 객기였다. 도날드는 성가신 임무를 끝낸 듯 홀가분하지만 지루했다. 자신에게 상이라도 주고 싶었다. 아마도 그래서 그랬을 것이다.

　비행기가 착륙하자 그는 중서부의 여름밤 속으로 걸어 나가, 오래된 빨간 '철도 기지'같은 모습을 하고 있는 고립된 푸에블로 공항으로 향했다. 그녀가 살아있는지, 아직 이 동네에 살고 있는지, 현재 성은 무엇인지도 몰랐다. 흥분이 고조되는 가운데, 그는 그녀의 아버지 이름을 전화번호부에서 찾았다. 20년이 지났으니 이미 사망했을지도 몰랐다.

　아니, 살아있었다. 하몬 홈즈 판사. 힐사이드 3194번지.

　한 여성이 낸시 홈즈를 찾는 그의 전화에 즐겁다는 듯 답해주었다.

"낸시는 이제 월터 기포드 부인이 되었어요. 그런데 전화 건 분은 누구시죠?"

하지만 도날드는 답을 하지 않고 전화를 끊었다. 알고 싶었던 걸 알아낸 데다 시간은 세 시간 밖에 없었기 때문이다. 월터 기포드라는 사람은 기억나지 않았다. 그는 전화번호부를 훑는 동안 잠시 멈칫거렸다. 그녀가 결혼해서 다른 동네로 가버렸을 수도 있지 않은가.

아니, 월터 기포드는 힐사이드 1191번지에 살고 있었다. 그 번호를 짚은 손가락 끝으로 피가 몰려드는 느낌이었다.

"여보세요?"

"여보세요. 기포드 부인 계십니까? 저는 옛날 친구인데요."

"전데요."

기억이 났다. 아니, 기억이 났다고 생각했다. 이 목소리에 담긴 그 기이한 마법의 힘이.

"저는 도날드 플랜트입니다. 열두 살 때 보고 못 뵈었지요."

"어머!"

정말로 놀란 어조였다. 아주 공손하기도 했다. 하지만 딱히 기뻐하는 것도 아니고 확실히 알아챈 것 같지도 않다는 낌새가 느껴졌다.

"아하. 도날드!" 그녀의 목소리가 덧붙였다. 이번에는 가물가물

한 기억에서 한 발 더 나간 것 같았다.

"언제 이 동네로 돌아온거죠?" 정다운 질문이 이어졌다. "지금 어디예요?"

"공항인데 밖에 나와 있어요. 몇 시간 여유가 있어서."

"음, 그럼… 날 보러 올래요?"

"잠자리에 들려던 거 아니었어요?"

"이런, 그건 아니에요." 그녀가 얼른 부정했다. "혼자 하이볼 한 잔하며 앉아있던 참이에요. 택시 기사에게 이 주소를 불러 주세요…."

택시를 타고 가면서 도날드는 둘이 나눈 대화를 곱씹어 보았다. '공항'에 있다는 말은 자신이 중산층 이상의 사회적 지위를 갖추었다는 걸 분명히 알려주었을 터였다. 낸시가 혼자 있다는 것은 친구도 없는 매력 없는 여자로 나이 들었다는 반증일 수도 있었다. 남편은 집을 비웠거나 잠자리에 들었을 수도 있다. 그리고 그의 꿈속에서 그녀는 언제나 열 살배기 소녀의 모습이라 하이볼을 마신다는 소리에는 좀 충격을 받았다. 하지만 그는 애써 미소를 지으며 생각을 고쳐먹었다. 낸시도 이제 서른이 다 되지 않았던가.

굽어지는 길 끝에 검은 머리의 자그마한 미녀가 불빛이 흘러나

오는 문을 등지고 서 있는 게 보였다. 한 손에 잔을 들고 있었다. 마침내 육신을 입고 현현한 그녀의 모습에 놀라면서 도날드는 택시에서 내려 말문을 열었다.

"기포드 부인?"

낸시는 현관의 불을 켜고 그를 가만히 쳐다보았다. 휘둥그레 뜬 눈이 짐짓 유혹적이었다. 그녀는 혼란스러워하는 듯하다가 문득 미소를 지어 보였다.

"도날드…당신이군요…. 우리 둘 다 너무 변했어요. 아, 정말 믿기지 않아요!"

집안으로 들어서는 그들의 목소리에 '이 오랜 세월 동안'이라는 단어들이 유쾌하게 찰랑거렸다. 도날드는 마음이 가라앉는 기분이었다. 이런 기분이 드는 이유 중 하나는 그녀를 마지막으로 보았을 때 모습이 떠올랐기 때문이었다. 그때 낸시는 자전거를 타고 그를 지니쳐가며 못 본 척했었다. 또 다른 이유는 할 말이 없으면 어쩌나 하는 두려움 때문이었다. 마치 대학 동창회 같았다. 그러나 그런 자리에서는 서로 과거를 기억하지 못하는 불상사가 일어나도 요란스럽게 돌아가는 행사에 덮이지 않던가. 다음 순간 덜컥 겁이 난 그는 이 시간이 지루하고 공허한 시간이 될 수도 있음을 깨달았다. 그래서 에라, 모르겠다 하는 심정으로 대화의 물꼬를 트는 말을 던져 보았다.

"당신은 늘 예뻤죠. 하지만 지금도 여전히 예쁜 걸 보니 좀 놀라운데요?"

이 말은 효과가 있었다. 과감한 찬사로 분위기가 급전되자 어색하게 머뭇거리는 어린 시절 친구들 대신 흥미진진한 두 명의 이방인이 마주하게 되었다.

"하이볼 한잔할래요?" 낸시가 물었다. "안 마신다고요? 내가 몰래 술이나 마시는 술꾼이 되었다고 생각하는 건 아니죠? 오늘 밤은 우울해서 그래요. 남편이 오길 기다렸는데, 이틀 더 있다 온다고 전보를 보내왔더라고요. 그이는 아주 좋은 사람이에요, 도날드. 아주 매력적이기도 하고요. 당신과 비슷한 타입이죠. 머리와 눈 색도 비슷하고요." 그녀는 잠시 머뭇거리다 다시 말했다. "음, 남편은 뉴욕에 여자가 있는 것 같아요. 물론, 확실한 건 아니지만."

"당신 모습을 보면 다른 여자가 생긴다는 게 과연 가능한지 모르겠어요." 그는 확신에 찬 어조로 말을 이었다. "나도 결혼 생활 6년 중에 그런 식으로 스스로를 괴롭혔던 때가 있긴 해요. 그러다 어느 날 내 삶에서 질투 따위는 완전히 몰아내 버렸죠. 아내가 죽고 나서 그렇게 했던 게 참 기쁘더군요. 덕분에 아주 충만한 기억이 남았거든요. 망가지거나 오염되거나 생각만 해도 괴로운 그런 건 하나도 없어요."

낸시는 그를 골똘히 쳐다보더니 그의 말에 자못 연민 어린 표정을 지어 보였다.

"유감이에요." 그녀는 적절히 뜸을 들이다가 입을 열었다. "당신, 많이 변했어요. 고개를 돌려봐요. 우리 아빠가 하셨던 얘기가 떠오르네요. '저 녀석은 머리가 있어.'라고 하셨죠."

"아니라고 얼른 반박했겠군요."

"인상 깊었달까요? 그 말을 듣기까지는 사람은 다 머리가 있다고 생각했었거든요. 그래서 기억에 오래 남아있나 봐요."

"그밖에 또 뭐가 기억이 나죠?" 그가 웃으며 물었다.

갑자기 낸시는 일어나더니 조금 거리를 두었다.

"아, 이제 와서 그런 걸 묻다니! 불공평해요. 난 어릴 때 못됐었잖아요." 낸시가 따지듯 말했다.

"못됐다니 무슨 소리예요?" 그가 완강히 부인했다. "그나저나 이젠 나도 한잔할게요."

술을 따라주느라 낸시가 얼굴을 돌리자, 도날드의 말이 이어졌다.

"어릴 적에 내게 키스를 받아본 꼬마 소녀가 설마 당신 하나라고 생각하는 건 아니죠?"

"그런 주제를 얘기하고 싶으시구나." 그녀가 응수했다. 잠시 삐친 듯하다가 이내 풀렸는지 다시 입을 열었다.

"알게 뭐람! 그때 우린 참 재미있었어요. 꼭 노래 가사처럼."

"썰매도 탔었고."

"맞아요, 누구네 피크닉이었더라? 트루디 제임스네 피크닉이었죠? 프론티낙에서. 아, 그 여름날들이 정말 그립네요."

썰매를 탔던 기억이 그에게는 가장 생생했다. 어느 구석 밀짚 속에서 그녀가 하늘에서 하얗게 빛나는 별들을 올려다보며 웃고 있을 때 그는 그녀의 차가운 뺨에 키스를 했었다. 옆에 있던 다른 남녀 커플은 등을 돌리고 있었다. 그는 그녀의 작은 목과 귀에는 키스했지만, 차마 입술에는 키스하지 못했었다.

"그리고 맥의 파티도 있었죠. 거기서 우체국 놀이를 했을 때 난 볼거리에 걸려서 못 갔었고."

"기억이 안 나요."

"당신은 그 파티에 갔죠. 거기서 누군가 당신에게 키스를 했지. 내 평생 누군가를 그토록 질투해 보긴 처음이었죠."

"이상하네. 난 기억이 하나도 안 나는데. 아마 잊고 싶었나 봐요."

"왜 잊고 싶었을까?" 그가 짓궂게 물었다. "우리는 그냥 너무도 순진한 어린아이였어요. 낸시, 아내한테 그때 일을 얘기할 때마다 내가 가장 사랑한 여자는 아내와 그리고 당신이었다고 말하곤 했어요. 그땐 그만큼 당신을 사랑했죠. 우리 집이 다른 도시로 이사했을 때 난 내 속에 무거운 대포알을 품듯 당신을 담고 갔었는데."

"그 정도로 진지했었나요?"

"아, 물론이죠. 난…"

다음 순간 그는 자신들이 고작 2피트 거리를 두고 서 있고, 자신이 지금 그녀를 사랑하는 것처럼 말하고 있으며, 그녀가 입술을 반쯤 벌리고 아련한 눈으로 자신을 올려다보고 있는 것을 깨달았다.

"계속 얘기해 줘요. 이런 말 하긴 창피하지만, 듣고 싶어요. 난 당신이 그때 그렇게 속상해했을 줄 몰랐는데…. 속상한 건 내 쪽이라고 생각했는데."

"당신이 속상했다고!" 그가 대뜸 소리를 높였다. "약국에서 날 차버린 거 기억 안 나요? 그때 당신은 내게 혀를 날름 내밀었는데."

"전혀 기억이 안 나요. 내가 당신에게 차인 것 같은데." 낸시는 위로를 하듯 그의 팔에 닿을락 말락 살짝 손을 가져다 대었다.

"위층에 사진 앨범이 있어요. 오랫동안 안 봤는데, 꺼내올게요."

도날드는 5분 동안 앉아서 기다렸다. 머릿속에서는 두 가지 생각이 싸우고 있었다. 첫 번째는 같은 사건에 대한 두 사람의 기억이 너무도 달라 거리를 좁히는 것이 불가능할 것 같다는 생각이었고, 또 하나는 어린 시절의 낸시가 그를 동요시켰던 것처럼 이제 ○ 사가 된 낸시도 무서울 정도로 그를 동요시킨다는 생각이 었○. 30분이란 시간 동안 그는 아내가 죽고 나서는 느끼지 못 ○던 감정, 다시는 느끼지 못하리라 생각했던 감정을 또다시 느 끼고 있었다.

소파에 나란히 앉아 그들은 앨범을 펼쳤다. 낸시는 행복하게 웃으며 그를 바라보았다.

"음, 정말 재미있는데요? 당신이 이렇게 멋진 사람인 것도 그렇고, 당신이 나를 그렇게나, 아름답게 기억해 주는 것도 그렇고. 그때 내가 알았더라면 좋았을 텐데. 당신이 떠난 후 난 당신을 미워했어요."

"○런, 이런." 그가 부드럽게 말했다.

"하○만 지금은 미워하지 않아요." 낸시는 또렷이 말했다. 그리고 충동○으로 다음 말을 뱉었다. "키스해 줘요. 그렇게 우리 화해…"

"…좋은 ○내는 이런 짓 하지 않겠죠." 잠시 후 그녀가 말했다.

"남편과 ○신 말고는 누구와도 키스해 보지 않아서…"

도날드○ 흥분이 되었다. 하지만 혼란스럽기도 했다. 자신이 이전에○ ○말 낸시에게 키스를 했던가? 기억만 그런 건가? 아니면 재빨리 눈길을 돌리고 몸을 떨며 앨범 페이지를 넘기는 이 사랑스러운 이방인에게 키스했던 건가?

"잠깐만! 난 잠시 동안은 사진이 눈에 안 들어올 것 같아요."

"또 키스하진 말아요. 난 좀 어지러워요."

도날드는 진부하지만 효과는 큰 그 말을 하고 말았다.

"우리가 다시 사랑에 빠진다고 해도 그리 나쁘진 않을 텐데…"

"그만해요!" 낸시가 웃었다. 그러나 숨이 차서 헐떡이고 있었다.

"키스는 이제 그만. 그건 지나간 순간이고, 앞으로 잊어야 할 순
간이기도 해요."

"남편한테는 말하지 말아요."

"왜요? 난 보통 뭐든지 얘기하는데요."

"그럼 그가 상처받을 거요. 남자한테 그런 얘기는 절대로 하면
안돼요."

"좋아요. 안 할게요."

"한 번 더 키스해 줘요." 그는 이랬다저랬다 하고 있었다. 낸시
는 앨범 페이지를 넘기더니 한 사진을 진지하게 가리켜 보였다.

"여기 당신이 있네요! 바로 여기!"

그는 사진을 쳐다보았다. 반바지를 입은 작은 소년이 요트를 배
경으로 어느 선착장에 서있었다.

그녀가 의기양양하게 말했다. "기억이 나요, 이 사진을 찍은 날
이. 이건 키티가 찍은 사진인데 내가 이 사진을 훔쳤었죠."

순간 도날드는 사진 속의 자신을 알아볼 수가 없었다. 바짝 다가가 사진을 봐도 여전히 그랬다.

"이건 내 얼굴이 아닌데." 그가 말했다.

"무슨 소리! 프론티낙에서 찍은 거잖아요. 그 해 여름에 우리는 그 동굴에 가곤 했고."

"무슨 동굴? 난 프론티낙에는 3일 밖에 머물지 않았는데." 그는 눈을 가늘게 뜨고 색이 약간 바란 사진을 다시 쳐다보았다.

"나랑 좀 비슷하게 생기긴 했지만, 이건 내가 아니라 도날드 바워즈잖아요."

이번에는 낸시가 그를 빤히 쳐다보았다. 그녀는 몸을 뒤로 젖히고 그에게서 도망쳐 날아갈 듯한 모습이었다.

"당신이 도날드 바워즈잖아요!" 그녀가 외쳤다. 목소리가 다소 격앙되어 있었다. "아, 아니군요. 당신은 도날드 플랜트라고 했죠?"

"전화로 그렇다고 말했잖아요."

낸시는 벌떡 일어섰다. 약간 겁먹은 표정이었다.

"플랜트라니, 바워즈가 아니었어! 내가 돌았나 봐요. 취해서 그런 걸까요? 처음 봤을 때 헷갈렸어요. 이런! 내가 당신에게 무슨 말을 했었죠?"

그는 앨범 페이지를 넘기며 수도사처럼 침착하려고 했다.

"아무 말도 하지 않았죠." 그가 대답했다.

그가 빠져있는 사진들이 눈앞에서 어른거렸다. 프론티낙, 동굴, 도날드 바워즈….

"그때 당신이 나를 차버렸으니까!"

낸시가 방 저쪽에서 말했다. "이 얘기 절대 아무한테도 안 할 거죠? 말은 어떻게 해서든 퍼지기 마련이니까요."

"말할 게 없잖아요." 그가 머뭇거리며 말했다. 그리고 생각했다. 그래, 어릴 때도 이렇게 못됐었지.

갑자기 꼬마 도날드 바워즈에 대한 질투가 불같이 일었다. 질투를 삶에서 영원히 몰아낸 줄 알았던 그가 아닌가. 성큼성큼 다섯 발자국을 걸어 그는 방을 가로질러 갔다. 그렇게 이십 년의 세월과 월터 기포드의 존재 따위는 밟아 뭉개며 그는 그녀에게 다가갔다.

"내게 다시 키스해 줘요, 낸시."

그는 낸시가 앉은 의자 옆에 무릎 하나를 꿇고 앉으며 그녀의 어깨에 손을 얹었다. 하지만 낸시는 잔뜩 긴장해서 고개를 돌리고 있었다.

"비행기 타야 한다고 하지 않았어요?"

"괜찮아요. 놓쳐도 상관없어요. 안 중요해요."

"이만 가줘요." 그녀가 냉랭한 목소리로 말했다. "내 기분이 어떨지 한번 상상해 보라고요."

"하지만 당신은 나를 기억 못 하는 것처럼 굴고 있잖아요! 마치 나, 도날드 플랜트를 기억 못 하는 사람처럼!" 그가 외쳤다.

"기억해요. 당신도 기억한다고요…. 그렇지만 그건 다 너무 오래전 일이에요." 낸시의 목소리가 다시 굳었다. "택시 번호는 크레스트우드 8484예요."

공항으로 돌아오는 길에 도날드는 고개를 절레절레 젓고 있었다. 이제는 온전히 제정신으로 돌아왔지만 대체 무슨 일이 벌어진 건지 받아들이기는 힘들었다. 비행기가 어두운 밤하늘로 이륙해 승객들이 발아래 비즈니스 세계와는 동떨어진 별개의 존재가 되었을 때에야, 그는 지상에서 도망쳐 나온 만큼 거리를 두고 두 세계를 비교할 수 있었다. 지상에서의 눈먼 5분 동안 그는 동시에 두 세계에 발을 걸친 미친놈처럼 굴었다. 열두 살 소년과 서른두 살 남성이 한 몸으로 가망 없이 뒤섞여 있었다.

도날드는 환승하는 그 시간 동안 많은 것을 잃었다. 하지만, 삶의 후반전이란 삶에서 이것저것을 잃어가는 기나긴 과정이므로, 그 과정 속에서 이 정도의 경험은 어쩌면 그다지 중요한 일은 아닐 수도 있는 것이다.

새로 돋은 잎

새로 돋은 잎

1

그 해 처음으로 불로뉴 숲에서 식사를 해도 좋을 만큼 따뜻해진 날이었다. 흐드러진 밤꽃들이 테이블 위로 우수수 흩날리며 버터와 와인 속으로 앞다투어 내려앉고 있었다. 줄리아 로스는 꽃잎이 몇 장 묻어 있는 빵을 먹으며 연못 속 커다란 금붕어가 내는 소리와 아무도 앉지 않은 테이블 주변에서 부산을 떠는 참새들의 지저귐을 듣고 있었다. 모든 사람이 새롭게 보였다. 일에 전념하느라 사무적인 표정을 짓고 있는 웨이터들, 하이힐과 눈빛만으로도 프랑스인임을 바로 알 수 있는 여자들, 포크 위에 자기 심장을 아슬아슬하게 얹고는 그녀 맞은편에 앉아있는 필 호프만, 그리고 테라스에 이제 막 나타난 이 세상 사람 같지 않게 잘생긴 남자까지.

자줏빛 정오의 투명한 힘.
촉촉한 공기의 숨결이
아직 벌어지지 않은 꽃봉오리 하나하나를
스치듯 감싸네.

줄리아는 조용히 몸을 떨었다. 벌떡 일어나 "아, 너무 근사해
요!"라고 소리치며 지배인을 떠밀어 백합 연못 속으로 빠뜨리고
싶은 충동을 애써 억제하는 중이었다. 그렇게 그녀는 스물한 살
된 요조숙녀답게 얌전히 앉아 티 나지 않게 살짝 떨고만 있었다.
　필이 냅킨을 손에 든 채 자리에서 일어났다. "어이, 딕!"
　"아니, 필!"
　그 잘생긴 남자였다. 필은 몇 발자국 걸어 나가더니 테이블에서
좀 떨어진 곳에서 그 남자와 이야기를 주고받았다.
　"스페인에서 카터와 키티를 봤는데…."
　"브레멘에 폭우가 쏟아졌잖아…."
　"그래서…가려고 했지…."
　남자는 수석 웨이터의 안내를 받아 자기 자리로 갔고, 필은 다
시 자리로 돌아왔다.

"누구야?" 줄리아가 물었다.

"딕 래그랜드라고, 아는 사람."

"태어나서 내가 본 남자 중에 제일 잘생겼어!"

"응, 잘생겼지." 필이 별다른 감흥 없이 맞장구를 쳤다.

"그냥 잘생긴 게 아니야! 대천사 급인데? 한 마리 퓨마 같달까. 맛보고 싶어질 만큼 섹시하게 생겼어, 내게 소개해 주지 않는 이유가 뭐야?"

"저 친구는 파리에 있는 미국인 중에서 평판이 가장 안 좋아."

"말도 안 되는 소리. 중상모략이겠지. 여자들이 저 남자만 쳐다보니까 남편들이 질투가 나서 덮어씌운 더러운 오명 아냐? 저 남자는 기사처럼 돌격하거나 물에 빠진 아이들을 구하는 일 외에 살면서 다른 일은 안 해본 사람처럼 생겼는걸."

"저 친구를 반기는 곳이 한 군데도 없다면 내 말을 믿겠어? 한 가지 이유 때문에 그런 대접을 받는 게 아니야. 이유를 대자면 수도 없지."

"그 이유들이 뭔데?"

"한둘이어야지. 술 문제, 여자 문제에, 감옥도 들락거리고, 추문이 이어지고, 자동차로 누군가를 치어 죽였다고도 하고, 게으르고, 쓸모없고…"

"와, 한 마디도 못 믿겠어." 줄리아가 단호하게 말했다. "저 남자는 걸어 다니는 자석처럼 사람을 끌어당기는걸? 그리고 당신도 그렇게 생각했으니까 가서 말 건거 아냐?"

"응, 그렇긴 해." 내키지 않은 듯 필이 대답했다. "여느 알코올 중독자들처럼 저 친구도 매력이 있지. 다만 똥을 싸려면 혼자서 싸면 되는데, 남들 무릎 위에 떡하니 싸놓는 타입이라 문제지. 누군가 자기를 치켜세워주면 아주 난리가 나. 초대한 집의 여주인 등에 수프를 붓거나 서빙하는 메이드에게 키스를 하거나 개집에서 술 취해서 뻗어버린다고. 그것도 너무 자주 그래. 모두에게 그렇게 행동해서 이제 옆에 남은 사람도 없어."

"내가 아직 있는데." 줄리아가 말했다.

과연 줄리아다웠다. 그녀는 누구에게든 지나칠 정도로 잘해주고 때로는 너무 잘해주다가 스스로 후회하곤 하는 여자였다. 미모만 있는 게 아니라 다른 자질들도 갖추면 그때부터는 격이 달라지는 법이다. 그러니까, 미모를 가진 이가 미모를 대신하는 자질들까지 갖추고 있으면 그때부터 그 자질들은 빛이 된달까. 줄리아의 경우, 눈동자 속에서 빛나는 지성미가 없다고 해도 그 눈부신 녹갈색 눈동자만으로도 충분히 아름다운 여성이었다. 억누를 수 없는 장난기가 살짝 도드라진 입술에서부터 배어 나왔고, 아버지가 엄격하게 가르친 대로 꼿꼿하게 앉아있거나 서 있는 대신, 은근슬쩍 요염한 포즈라도 취한다면 그 자태에서 우러나오는 매력이 한층 더 깊어질 그런 아름다움을 지닌 여자였다.

그녀만큼이나 나무랄 데 없이 멋진 청년들이 선물들을 들고 여러 번 그녀의 삶에 나타났었다. 하지만 이미 완벽한 남자들은 더 발전할 여지가 없었다. 반면에 야심이 큰 남자일수록 젊은 시절에는 모난 부분들을 지니고 있다는 것은 알고 있었지만, 그런 남자를 좋아하기엔 그녀는 아직 어렸다. 예를 들면, 줄리아 반대편에 앉은 냉소적인 이기주의자 필 호프만은 잘나가는 변호사가 될 몸이었고 실제로 그녀 때문에 파리로 온 셈이지만, 줄리아는 호프만을 그저 여느 지인들을 대하듯 좋아할 뿐이었다. 게다가 현재의 그는 경찰 서장 자제다운 방약 무도한 태도를 지니고 있었다.

"오늘 밤에 런던으로 가서 수요일에 배를 탈 거야." 그가 말했다. "그리고 당신은 여름 내내 유럽에 있겠군. 다른 남자가 새로 등장해서 몇 주에 한 번씩 나 대신 잔소리를 해주겠지."

"그런 얘기를 전화로 수시로 전해 듣다가 결국 직접 잔소리하러 올 거면서." 줄리아가 대꾸했다. "그러지 말고, 당신도 가고 없을 테니 꿩 대신 닭이라고 래그랜드란 남자를 내게 소개해 줘."

"내가 떠날 시간이 몇 시간 남지도 않았는데 그러고 싶어?"

"하지만 난 어디 나한테 한번 잘 보여 보라고 삼 일이나 통째로 내주었잖아. 그러지 말고 마음 곱게 써서 저 남자한테 커피 좀 하자고 해. 응?"

그렇게 딕 래그랜드가 합석하게 되자, 줄리아는 기쁨의 숨을 나지막하게 내쉬었다. 그의 이목구비는 조각 같았다. 금발머리, 그을린 피부, 빛나는 얼굴. 달콤한 절망의 기운이 감도는 그윽한 목소리. 그는 여자 스스로가 자신을 매력적이라 느끼게 만드는 눈빛으로 줄리아를 바라보았다. 30분 동안, 그들의 말은 바이올렛과 스노드롭과 물망초와 팬지 꽃들의 향기 사이에서 유쾌하게 떠돌았다. 딕에 대한 줄리아의 관심은 점점 커져갔다. 심지어 필이 가야 한다고 했을 때 기쁘기까지 했다.

"지금 막 영국 비자 생각이 났어. 내 이성은 그러면 안 된다고 하는데, 분위기 묘한 두 사람만 두고 먼저 가봐야 할 것 같아. 다섯 시에 생 라자르 역에서 만날래? 거기서 작별하게?"

필은 줄리아가 '아, 그러면 지금 당신이랑 같이 일어날게.'라고 말해주길 내심 바랐다.

줄리아는 딕과 단둘이서 딱히 할 일이 없다는 것을 잘 알고 있었지만, 그는 그녀를 웃게 했다. 그를 만나기 전에는 웃을 일이 별로 없지 않았던가. 그래서 이렇게 말했다.

"난 몇 분 더 있다가 일어날게. 여기서 봄기운 좀 만끽하게."

필이 자리를 뜨자, 딕은 좋은 샴페인을 마시자고 했다.

"술 버릇이 안 좋다고 소문이 자자하던데요." 그녀가 불쑥 말했다.

"안 좋다마다요. 더 이상 날 초대하는 사람들도 없어요. 가짜 수염이라도 달아서 변장이라도 할까 봐요."

"너무 이상해서요." 그녀가 끈질기게 물었다. "남부럽지 않게 자라서 왜 망나니처럼 살아요? 필이 당신을 소개하기 전에 당신에 대해 경고한 거 아세요? 소개하지 말라고 말할 뻔했어요."

"왜 그렇게 하지 않았죠?"

"당신은 정말 매력적이니까요. 그리고 그렇게 사는 게 너무 안타까워서요."

그의 얼굴에서 표정이 사라졌다. 그런 말을 너무 자주 듣다 보니 그저 시큰둥할 뿐이라는 걸 알 수 있었다.

"아, 사실 제가 신경 쓸 일은 아니네요." 줄리아가 재빨리 말했다. 그녀는 자신이 이런 아웃사이더 타입의 사람에게 더 끌린다는 것을 알지 못했다. 누가 방탕하게 사는 모습을 실제로 본 적이 없었기 때문에 방탕함 그 자체에 끌리는 건 아니었다. 방탕함이 그에게 부여한 쓸쓸해 보이는 분위기에 끌렸던 것이었다. 그녀 내면의 어떤 성정이 자신과 전혀 다른 성정을 지닌 이방인에게 다가가도록 만들었다. 예측불허의 잠재적인 모험을 약속하는 것 같았기 때문이다.

"다른 얘기를 하죠." 그가 갑자기 말했다. "난 6월 5일, 그러니까 내 스물여덟 번째 생일부터 영원히 금주하려고 해요. 더 이상 재미 삼아 마셔대지는 않을 겁니다. 보시다시피 난 술을 마셔야 할 때만 마시는 사람이 못 되거든요."

"정말 끊으실 수 있겠어요?"

"난 한다고 하면 하는 사람이에요. 그리고 뉴욕으로 돌아가 직장에 다닐 겁니다."

"그 얘기에 제가 기쁜 마음이 들다니, 놀랍네요." 경솔한 말이었다. 하지만 그녀는 이미 뱉은 말은 그냥 두기로 했다.

"좋은 샴페인 한 병 더 드실래요?" 딕이 권했다. "그러면 더 기뻐지실 텐데요."

"생일이 될 때까지 계속 이런 식으로 사실 건가요?"

"그럴 것 같아요. 생일에는 올림픽 호를 타고 바다 한가운데에서 있게 되겠죠."

"어머, 나도 그 배를 타요!" 줄리아가 외쳤다.

"그럼 제가 확 달라진 모습을 볼 수 있겠군요. 배에서 열리는 콘서트 때문에라도 금주하려고요."

테이블들이 치워지고 있었다. 줄리아는 이제 가봐야 한다는 걸 알았지만 멋진 미소 아래 그렇게나 쓸쓸한 표정을 짓고 있는 남자를 두고 떠날 수가 없었다. 모성애가 느껴졌다. 딕이 금주하기로 마음먹은 것을 지킬 수 있도록 그에게 도움 되는 어떤 말을 해줘야 할 것만 같았다.

"왜 그렇게 술을 마시는지 말해봐요. 자신도 모르는 이유가 있을지도 모르니까."

"음, 어떻게 마시게 되었는지는 너무 잘 알죠."

한 시간 넘게 그는 자신의 이야기를 해주었다. 열일곱 살에 전쟁에 참전했고, 다시 돌아왔을 때에는 검은색의 작은 모자를 쓴 프린스턴 대학의 신입생으로 사는 게 어쩐지 김이 빠져버렸다고. 그래서 보스턴 기술 대학으로 갔고, 그다음엔 파리 보자르 미술 대학으로 옮겼으며, 술을 마시게 된 건 미술대학 재학 시절이었다고.

"돈이 좀 손에 들어오고 술을 몇 잔 하게 되면 대담해지면서 사람들을 즐겁게 해주는 재주가 생긴다는 걸 알게 되었어요. 거기에 도취된 거죠. 모두한테 멋진 사람으로 보이려고 폭음을 했어요. 깁스도 많이 했고, 친구들 대부분과는 싸웠어요. 그러다 흥청망청 사는 무리들을 만났고, 이들과 한동안 내키는 대로 어울렸어요. 하지만 난 내가 그들보다는 잘났다고 생각하는 부류인지라 문득 '대체 내가 이 무리들과 뭘 하는 거지?'하는 생각이 들더라고요. 그들도 그런 나를 싫어했고요. 그러다 내가 탔던 택시가 사람을 치어 죽이는 일이 생겼고, 난 고소를 당했어요. 사고였을 뿐이에요. 하지만 그 사건은 신문에 실렸고 내가 풀려났을 땐 사람들은 내가 사람을 죽인 줄 알더라고요. 지난 오 년 동안 이런 명성이나 쌓다 보니 어머니들은 내가 같은 호텔에 투숙하고 있는 것을 알게 되면 딸들을 얼른 피신시켜 버리죠."

웨이터가 초조하게 근처를 맴돌고 있었고, 줄리아는 시계를 보았다.

"이런! 다섯 시에 필을 배웅하러 가야 해요. 오후 내내 여기에 있었네요."

생라자르 역으로 서둘러 갈 때 딕이 물었다. "다시 볼 수 있을까요? 내키지 않나요?"

줄리아는 그를 한참 바라보았다. 그의 얼굴에서 방탕한 구석은 찾아볼 수 없었다. 따스한 뺨, 반듯한 태도…

"점심때는 항상 정신이 말짱해요." 그는 소심하게 덧붙였다.

"그건 걱정 안 해요." 줄리아가 웃었다. "내일모레 점심에 데리러 와 주세요."

이들은 서둘러 생 라자르 역 계단을 올라갔지만 영불해협으로 향하는 골든 애로우(Golden Arrow) 열차의 마지막 객차만 간신히 볼 수 있었다. 필이 자신을 보기 위해 멀리까지 왔다는 것을 아는 줄리아는 양심의 가책을 느꼈다.

속죄라도 하듯, 줄리아는 이모와 살고 있는 아파트로 돌아가 그에게 편지를 쓰려고 했다. 하지만 딕 래그랜드가 떠올라 편지를 마칠 수가 없었다. 아침이 되어 딕의 잘생긴 얼굴이 끼치는 영향력이 좀 잦아들자, 그녀는 딕에게 만날 수 없겠다고 전갈을 보내고 싶은 마음이 들었다. 하지만 딕이 만나자고 매달린 것도 아닌 데다, 이건 다 줄리아가 자초한 일이었다. 그래서 약속한 날이 되자 열두시 반 무렵까지 딕을 기다리고 있었다.

줄리아는 이모에게는 말하지 않았다. 이모가 점심을 함께할 일행에게 딕의 이름을 어쩌다 말하게 될까 봐 걱정이 되어서였다. 만난다고 말할 수도 없는 남자와 데이트를 약속하다니 이상한 일이었다. 그는 늦어지고 있었다. 다이닝 룸에서 오찬을 즐기는 이들의 이야기 소리가 울려 퍼지는 걸 들으며 그녀는 호텔 로비에서 기다렸다. 한 시가 되어서야 그녀를 찾는 벨 소리가 울렸다.

로비로 나가자 너무도 낯선 남자가 서있었다. 얼굴은 백지장이었고 면도는 들쭉날쭉 제멋대로 한 모습에, 찌그러진 빵 같은 중절모자를 머리에 쓰고 있었다. 셔츠 칼라는 더러웠으며, 넥타이는 매듭만 남은 채 나머지는 보이지를 않았다. 그가 딕 래그랜드라는 걸 알아본 순간, 그녀는 그에게 다른 사람들과는 비교할 수 없는 다른 점이 있다는 것을 알아차렸다. 그건 그의 얼굴 표정이었다. 그의 얼굴 전체에 경멸이 넘쳐나고 있었다. 한 곳에 고정된 시선을 감추지 못하고 억지로 뜨고 있는 눈, 말려 올라가 위쪽 치아가 보이는 입, 파라핀을 부어서 가짜로 이어붙인 듯 움찔거리는 턱 – 혐오를 내보이면서도 혐오를 불러일으키는 양면성을 가진 얼굴이었다.

"안녕하세…요." 그가 중얼거렸다.

줄리아는 잠시 그에게서 물러섰다. 갑자기 다이닝룸 전체에 정적이 흘렀다. 그 정적에 떠밀려 그녀는 딕을 호텔 밖으로 데리고 나가 문을 닫았다.

"하!" 그녀는 놀라서 짧게 숨을 내뱉었다.

"어제부터 집에 못 들어갔어요. 모처에서 열린 파티에 갔었…"

혐오감이 울컥 솟구쳐서 줄리아는 그의 팔을 잡아 돌려세우고는 허둥지둥 계단을 내려갔다. 그녀는 유리 부스 안에서 호기심으로 내다보는 컨시어지 담당자의 아내를 지나쳤다. 그리고 햇빛이 찬란하게 부서지는 기느메르 가(Rue Guynemer)로 들어섰다.

풋풋한 봄기운이 한창인 건너편 뤽상부르그 공원을 배경으로 서니 그는 더욱 괴상해 보였다. 줄리아는 덜컥 겁이 났다. 그녀는 택시를 잡느라 필사적으로 거리를 이쪽저쪽 훑었다. 하지만 보지라르 가(Rue de Vaugirard) 모퉁이를 돌아오던 택시는 그녀를 무시하고 지나갔다.

"어디 가서 점심을 할까요?" 그가 물었다.

"점심 먹으러 갈 상태가 아니신데요. 모르시겠어요? 당신은 집에 가서 자야 해요."

"난 괜찮아요. 한잔만 마시면 멀쩡할 거예요."

그녀의 손짓에 지나가던 택시 한 대가 속도를 늦추었다.

"집에 가서 주무세요. 이런 꼴로는 아무 데도 못 가요."

그는 그녀를 물끄러미 바라보았다. 그가 이 자리에 오기 전까지 몇 시간이고 머물렀던, 연기가 자욱하고 혼란스러운 세계와는 동떨어진 신선하고 새롭고 사랑스러운 여인이 보였다. 희미하게나마 이성 한 가닥이 그에게 되돌아왔다. 줄리아는 딕의 턱이 얼핏 경탄으로 움찔거리는 모습을, 그가 휘청거리는 몸을 부질없이 바로잡으려고 하는 것을 보았다. 택시가 경적을 울렸다.

"당신 말이 맞아요. 정말로 미안해요."

"주소가 어떻게 되죠?"

그가 자기 주소를 대고는 택시 구석에 얼굴을 파묻으며 쓰러졌다. 얼굴은 여전히 정신을 차리려고 애쓰고 있었다. 줄리아는 택시 문을 닫았다.

택시가 떠나고 나자 줄리아는 누가 자신을 쫓아오기라도 하는 양 서둘러 거리를 건너 뤽상부르그 공원으로 들어갔다.

2

그녀는 정말 우연히도 그가 그날 저녁 일곱 시에 걸어온 전화를 받고 말았다. 그의 목소리는 잔뜩 긴장해서 떨리고 있었다.

"오늘 오전 일은 백번 사과드려도 별 소용이 없겠죠? 제가 무슨 짓을 하고 있는지도 몰랐지만, 그건 변명이 될 수 없겠죠. 하지만 내일 당신을 어디서든 잠시 만날 수 있다면, 1분이라도 좋으니까, 제가 얼마나 미안해하는지 직접 전할 수 있는 기회를 가지고 싶…"

"저는 내일 바빠요."

"아, 그럼 금요일, 아니, 아무 날이나요."

"죄송한데, 이번 주 내내 바빠요."

"저를 이제 두번 다시 보고 싶지 않다는 건가요?"

"래그랜드 씨, 이 문제를 더 얘기해봤자 별 소용이 없을 것 같아요. 오늘 오전 일은 좀 심했어요. 죄송해요. 상태가 좋아지시길. 그럼 안녕히."

줄리아는 그를 완전히 기억에서 지웠다. 이전에는 그 정도로 꼴불견을 연출하는 사람에게 엮였던 적이 전혀 없었다. 새벽까지 샴페인을 마시고 이른 아침에 노래를 하며 집으로 돌아가는 음주가들도 꼴불견인데, 정오에 그런다는 건 또 다른 이야기였다. 그걸로 딕과는 끝이었다.

줄리아는 다른 남자들과 치로 레스토랑에서 점심을 먹고 뒤부아 호텔에서 춤을 추었다. 미국에서 필 호프만이 비난하는 듯한 편지를 보내오긴 했다. 줄리아는 딕에 대해 옳은 판단을 한 필이 더 좋아졌다. 보름이 지났고, 이런저런 대화에서 사람들이 딕의 이름을 경멸조로 일컫는 소리만 안 들렸어도 그녀는 딕 래그랜드를 완전히 잊을 수도 있었다. 딕은 전에도 그런 꼴불견을 여러 번 보였던 모양이었다.

그러다 배를 타기 일주일 전 줄리아는 화이트 스타 라인 여객선 회사의 예약 부서에서 그와 마주쳤다. 그는 변함없이 미남이었다. 줄리아는 자기 눈을 믿을 수가 없었다. 그는 책상에 팔꿈치 하나를 괴고 몸을 기울이고 있었는데, 죽 뻗은 자태에 손에 낀 노란 장갑은 흠 하나 없었고, 눈은 맑게 빛나고 있었다. 응대하던 직원은 딕의 건강하고 명랑한 모습에 매료되었는지 깍듯하게 그를 대하고 있었다. 접수대 뒤쪽의 속기사들이 잠시 그를 쳐다보더니 시선을 교환했다. 그러다 그는 줄리아를 보았다. 그녀가 고개를 까딱여 인사하자, 그의 표정이 짧은 순간 흠칫했다. 그는 모자를 들어 답했다.

이들은 고객용 책상 옆에 한참이고 서 있었다. 침묵이 무겁게 내려앉았다.

"수속하는 거 정말 귀찮지 않아요?" 그녀가 이윽고 말문을 열었다.

"네." 그가 반사적으로 답했다. 그러고는 물었다. "올림픽 호를 타시나요?"

"아, 네."

"배편을 바꿨을지도 모른다고 생각했어요."

"아니에요." 그녀가 냉랭하게 답했다.

"저는 바꿀까 생각했어요. 사실 그게 가능한지를 물어보려고 여길 온 거예요."

"그건 말도 안 되는 소리네요."

"날 보는 게 싫지 않나요? 그러니까, 갑판에서 마주치게 되면 멀미가 난다든가요."

그녀는 미소를 지었다. 그는 자신이 가진 매력을 십분 발휘하고 있었다.

"마지막 봤을 때보단 좀 나아졌어요."

"그 얘긴 하지 마세요."

"아, 그러면, 당신이 더 아름다워졌다는 이야기를 해야겠네요. 오늘 옷이 지금까지 본 옷 중에 가장 예쁜데요?"

뻔뻔스러운 말이었다. 하지만 이 찬사에 줄리아는 조금 흔들렸다.

"바로 옆에 있는 카페에서 저와 커피 한잔 어때요? 이 괴로운 대기 시간도 극복할 겸?"

그가 이렇게 말을 걸고 다가오는 걸 허락하다니, 줄리아는 자신이 물러터졌다고 생각했다. 흡사 뱀의 유혹에 홀려서 꼼짝 못하는 꼴이었다.

"그럴 수 없을 것 같아요." 그러자 상처받은 것 같은 너무도 연약한 표정이 그의 얼굴에 떠올랐다. 그 표정에 그만 그녀 심장의 힘줄 하나가 꿈틀했다. "뭐, 그럼 좋아요." 그녀는 자신이 말해 놓고도 깜짝 놀랐다.

햇볕이 내리쬐는 도로변 테이블에 앉으니 3주 전 그 끔찍했던 기억은 하나도 떠오르지 않았다. 그는 지킬과 하이드 같았다. 예의 바르고, 매력이 넘치고, 재미있었다. 그와 함께 있으면 너무도 매력적인 여자가 된 기분이었다! 그는 한껏 자중하고 있었다.

"술을 끊었나요?" 그녀가 물었다.

"아직 6월 5일이 되지 않았어요."

"아!"

"그만 마신다고 한 날까지는 안 끊어요. 그날이 되면 끊을 거예요."

줄리아는 가려고 일어섰고 다음에 또 만나자는 그의 청에 고개를 저었다.

"배에서 만나요. 스물여덟 살 생일이 지나면요."

"좋아요. 아, 하나만 더요. 그걸로 살면서 유일하게 사랑에 빠진 여성에게 저지른 끔찍한 짓에 대한 죗값은 톡톡히 치른 걸로 해줘요."

승선하던 날 줄리아는 그를 보았다. 그를 본 순간 자신이 그를 얼마나 원하는지 알게 되자 심장이 바닥까지 추락하는 느낌이었다. 그의 과거가 어떠했든, 그가 무슨 짓을 했든, 그녀는 그를 원했다. 이런 말은 절대 그에게 하지 않을 테지만, 그는 그녀가 살면서 만났던 그 어떤 남자보다도 그녀를 동요시켜 온몸을 들끓게 했다. 다른 모든 남자는 그의 옆에 서면 그저 희미해 보였다.

그는 배에서도 인기가 좋았다. 그녀는 그가 스물여덟 번째 생일 파티를 연다는 얘기를 들었다. 줄리아는 초대받지 못했다. 둘은 마주치면 짐짓 즐거운 듯 대화를 주고받았다. 그뿐이었다.

그가 갑판 의자에 창백하고 하얀 얼굴로 뻗어 있는 걸 본 것은 파티 다음 날이었다. 멋진 이마와 눈가에 주름들이 잡혀 있었고, 부이용(bouillon) 스프 컵 쪽으로 내미는 손은 떨리고 있었다. 오후가 저물어가는 시간에도 그는 계속 거기에 앉아 있었다. 그 모습은 보기에도 고통스럽고 비참해 보였다. 세 번 갑판을 돌고는 줄리아는 알 수 없는 힘에 이끌려 그에게 다가가 말을 걸었다.

"이제 새로운 시대가 시작된 건가요?"

그는 힘겹게 일어서려고 했지만, 그녀는 그대로 앉아있으라고 손짓을 하고는 옆 의자에 앉았다.

"피곤해 보이네요."

"좀 불안할 뿐이에요. 오 년 만에 한 모금도 안 마신 첫날이니까요."

"곧 좋아질 거예요."

"알아요." 그가 침울하게 웃었다.

"약해지지 마세요."

"안 그럴 거예요."

"제가 뭐 도울 일이라도 있어요? 진정제라도 드려요?"

"아, 난 진정제는 안 맞아요." 그가 화가 난 듯 말했다. "아, 내 말은, 괜찮다는 뜻이에요."

줄리아는 일어섰다. "혼자 계시는 게 더 편하실 듯해요. 내일이면 더 좋아질 거예요."

"가지 말아요. 나를 못 참는 게 아니라면."

줄리아는 다시 앉았다.

"노래해 줘요. 노래 불러 줄 수 있어요?"

"어떤 노래요?"

"슬픈 노래요. 블루스 같은 걸로."

그녀는 리비 홀만의 <이야기는 이렇게 끝나요>를 부드럽고 나지막한 소리로 불러주었다.

"음, 좋아요. 이제 다른 노래를 해줘요. 아니면 그 노랠 한 번 더 불러주든가요."

"좋아요, 원하신다면 오후 내내 불러줄게요."

3

뉴욕에 도착하고 이틀째 되는 날, 딕은 줄리아에게 전화를 했다. "보고 싶었어요. 당신도 내가 보고 싶었나요?"

"보고 싶어서 탈이죠." 그녀가 내키지 않는 듯 말했다.

"많이?"

"많이 보고 싶었어요. 당신 몸은 어때요?"

"난 이제 괜찮아요. 아직도 좀 불안하지만, 내일부터는 출근해요. 우리, 언제 만날 수 있죠?"

"당신이 원할 때요."

"그럼 오늘 저녁에 만나요. 그리고, 저기, 그 말 다시 한번 해줘요."

"무슨 말이요?"

"보고 싶어서 탈이라는 말."

"그래서 탈이죠." 그녀가 고분고분 말해주었다.

"보고 싶어서라고 해야죠." 그가 덧붙였다.

"보고 싶어서 탈이죠."

"좋아요. 당신이 그 말을 하면 노래처럼 들려요."

"이제 끊을게요, 딕."

"안녕, 줄리아."

딕이 놓아주려 하지 않았기 때문에 줄리아는 계획했던 보름을 넘어 두 달 동안 뉴욕에 머물렀다. 그는 낮에는 일하느라 술을 안 마실 수 있었고, 그 이후 시간에는 줄리아를 만나며 버틸 수 있었다.

때로 그가 과로로 피곤해서 퇴근 후 극장에 갈 수 없다고 전화를 하면 그녀는 그의 일을 질투할 지경이었다. 술이 사라지자, 유흥은 그에게 무의미해졌다. 지나가버린 과거의 타락이었을 뿐이었다. 술에 취해본 적 없는 줄리아에겐 음악, 넘쳐나는 새 옷들, 멋진 커플이 되어 춤추는 것만으로 충분한 자극이었다. 처음에 그들은 필 호프만을 이따금 보기는 했지만, 줄리아는 필이 딕과 자기 사이를 너무 탐탁지 않아 하는 느낌을 받았다. 그래서 그를 더 이상 만나지 않았다.

몇 가지 불쾌한 사건들이 일어났다. 학교 동창인 에스터 캐리가 딕 래그랜드의 소문을 알고 있냐고 그녀에게 물었다. 줄리아는 화를 내는 대신 그녀를 초대해 딕과 함께하는 자리를 만들었고, 에스터의 확신이 변하는 것을 보고는 기뻤다. 그 외에도 소소하게 짜증나는 사건들이 있었지만, 다행히도 딕의 부적절한 처신은 파리에서나 있었던 일이었고 이제는 까마득한 환상처럼 느껴지기까지 했다. 이제 둘은 서로를 깊이 사랑하고 있었다. 끔찍했던 그날 오전의 사건도 천천히 줄리아의 기억에서 지워졌다. 하지만 줄리아는 확실히 하고 싶었다.

"육 개월이 지나서도 지금만 같으면 약혼을 발표하기로 해. 그리고 또 육 개월이 지나면 결혼해."

"너무 오래 걸리는데." 그가 앓는 소리를 냈다.

"하지만 당신에겐 방탕했던 지난 오 년이 있었잖아." 줄리아가 답했다. "나는 몸과 마음을 다해 당신을 믿고 있지만 뭔가가 내게 더 기다리라고 말해. 이건 태어날 우리 아이들을 위한 결정이기도 해."

오 년이라는 세월... 아, 너무도 희미해서 이제는 자취도 찾을 수 없는 듯한 오 년.

8월이 되자 줄리아는 캘리포니아로 건너가 가족들과 두 달을 보냈다. 그녀는 딕이 혼자 잘 지내는지 알고 싶었다. 그래서 매일 편지를 썼다. 그의 편지는 명랑했다가 우울했다가, 슬프다가 희망이 넘치기를 반복했다. 그의 일은 잘 되고 있었다. 그가 정신을 차리자 숙부는 그를 다시 신뢰하기 시작했지만, 그는 줄리아를 너무도 그리워했다. 딕의 절망스럽다는 호소가 잦아지자 줄리아는 캘리포니아 체류 기간을 줄이고 뉴욕으로 돌아왔다.

"오, 세상에, 당신이 돌아오다니!" 팔짱을 끼고 그랜드 센트럴 역을 걸어 나올 때 그는 기쁨에 겨워 외쳤다. "그동안 난 너무나도 힘들었어. 대여섯 번은 나가서 술을 마시고 싶었지만, 당신 생각을 했어. 하지만 당신은 너무 멀리 있었어."

"딕, 지치고 창백해 보여. 일을 너무 열심히 하나 봐."

"아니, 그냥 사는 게 우울했던 거야. 자려고 누우면 머릿속이 빙빙 도는 기분이야. 우리 빨리 결혼하면 안 될까?"

"모르겠어. 기다려 봐. 이제 당신 옆에 내가 있잖아. 다른 건 중요하지 않아."

일주일 후 딕의 우울증은 사라졌다. 그가 슬퍼하면 줄리아는 그의 머리를 아기처럼 가슴에 품어 안았다. 하지만 그녀가 가장 좋아했던 건 그가 자신감에 넘쳐 재미있는 이야기를 해주며 그녀를 웃게 만들고, 돌보아주고, 안전하다는 느낌을 줄 때였다. 줄리아는 여자친구와 아파트를 얻어서 콜롬비아 대학에서 생물학과 가정학 수업을 듣고 있었다. 가을이 깊어지자 둘은 미식축구 경기를 보러 갔고, 센트럴 파크에서 첫눈을 밟으며 걸었고, 일주일에 여러 번 그녀의 집 난로 앞에서 함께 긴 밤을 보냈다. 하지만 시간은 흘러갔고 둘 다 초조해졌다.

크리스마스 직전 예상치 못한 방문객, 그러니까 필 호프만이 그녀를 찾아왔다. 여러 달 만에 처음이었다. 뉴욕은 사교계가 다양하게 나누어져 따로따로 돌아가는지라 친한 친구들도 마주치기 힘들었다. 갈등이 있을 법한 만남은 피하기도 쉬웠다.

둘 사이는 소원해져 있었다. 필이 딕에 대한 회의를 내비친 이후 그는 자연스럽게 줄리아의 적이 되었다. 하지만 필은 더 멋진 모습이 되어 있었다. 모난 구석들은 닳았고, 이제는 검사가 되어 직업이 주는 자신감으로 더욱 당당해졌다.

"음, 그래서 딕과 결혼하는 거야? 언제?" 필이 물었다.

"곧 해. 엄마가 동부로 오시면."

그는 단호히 고개를 저으며 말했다. "안 돼, 줄리아, 딕과 결혼하지 마. 이건 질투가 나서 하는 말이 아니야. 취해서 이런 말 하는 것도 아니고. 취하면 내가 알아. 다만, 너처럼 아름다운 여자가 바위투성이 호수에 무모하게 몸을 던지는 걸 참을 수가 없어. 사람이 정말로 변한다고 생각해? 그런 사람들은 때때로 안 마시기도 하고 심지어 다른 중독으로 옮겨가기도 하지만, 정말로 술을 끊는 건 한 명도 못 봤어."

"딕은 변했어."

"그럴지도 모르지. 그런데 그 '그럴지도'라는 말은 엄청나게 애매모호한 '그럴지도' 아니야? 그 사람이 매력적이지 않아도 그를 좋아하는 거라면, 결혼하라고 하겠어. 내가 틀렸는지도 모르지. 하지만 넌 그의 잘생긴 얼굴과 매력적인 매너에 푹 빠진 거잖아."

"그건 딕을 몰라서 하는 소리야." 줄리아가 한결같은 마음으로 답했다. "나와 있을 때는 달라. 그 사람이 얼마나 점잖고 얼마나 내 말 하나하나에 신경 써 주는지 넌 모르잖아. 꼭 그렇게 속 좁고 못되게 굴고 싶어?"

"흠." 필이 잠시 생각하더니 말을 이었다. "며칠 후에 다시 만나. 아니면 내가 딕과 이야기해볼게."

"딕을 좀 내버려 둬!" 줄리아가 소리쳤다. "네가 괴롭히지 않아도 이미 괴로운 일이 잔뜩인 사람이야. 네가 그 사람 친구라면 그 사람 모르게 내게 오는 대신에 그를 도우려고 해야 하는 거 아냐?"

"나는 그 사람 친구이기 전에 네 친구야."

"나와 딕은 이제 한 사람이야."

하지만 사흘 후, 딕이 그녀를 만나러 왔다. 여느 때 같았으면 사무실에 있을 시간에.

"어쩔 수 없어서 왔어." 딕이 대수롭지 않다는 듯 말했다. "필 호프만이 다 밝히겠다고 협박을 했어."

그녀의 심장이 철렁 내려앉았다. '금주를 포기했나? 또 마시고 있는 걸까?'하는 생각이 머리를 스쳤다.

"여자 문제야. 지난 여름에 당신이 내게 소개해 준 여자 있잖아. 잘 대해주라고 했던 여자. 에스더 캐리."

그녀의 심장 박동이 느려지기 시작했다.

"당신이 캘리포니아로 간 후 너무 외로워하던 차에 에스더와 마주쳤어. 그날 에스더가 내게 잘해줬지. 한동안 그녀를 만났어. 그러다 당신이 돌아왔고 그녀에겐 그만 만나자고 했지. 헤어지기 좀 힘들었어. 그 여자가 그 정도로 나를 좋아하는 줄 몰랐거든."

"그렇군." 줄리아가 말했다.

"이해해 주면 안될까? 밤마다 너무 외로웠어. 에스더가 없었다면 다시 술을 마시고 말았을 거야. 그 여자를 사랑한 적은 없어. 당신이 아닌 그 누구도 사랑하지 않아. 그저 나를 좋아해 주는 누군가를 만나야만 했어."

딕은 줄리아를 팔로 감싸 안으려 했지만, 그녀가 차갑게 대하자 팔을 거두었다.

"그렇다면 당신을 좋아하는 어떤 여자에게라도 그렇게 했겠네. 누구인가는 중요하지 않은 거고." 줄리아는 천천히 말했다.

"그렇지 않아!" 그가 외쳤다.

"내가 오래 떠나 있었던 건 당신이 스스로 금주하고 자존감을 찾을 수 있도록 하기 위해서였어."

"내가 사랑하는 건 당신뿐이야, 줄리아."

"하지만 어떤 여자라도 당신을 도울 수 있겠지. 그러니까… 내가 정말 필요한 게 아니잖아, 안 그래?"

그는 전에도 몇 번이고 보았던 예의 그 상처받은 표정을 짓고 있었다. 줄리아는 그가 앉은 의자의 팔걸이에 앉아서 그의 뺨을 쓰다듬었다.

"그러면 당신이 내게 뭘 줄 수 있지?" 줄리아가 물었다. "당신이 내면의 힘을 조금씩 키워 약점을 극복할 거라 생각했어. 그럼 당신은 내게 뭘 줄 거야?"

"내가 가진 것 전부."

줄리아는 고개를 저었다. "아니, 당신이 줄 수 있는 건 잘생긴 얼굴 밖엔 없어. 어젯밤 저녁을 먹었던 식당의 수석 웨이터한테도 있는."

둘은 이틀 동안 얘기를 나누었지만 어떤 결론도 내리지 못했다. 때로 그녀는 그를 가까이 끌어당겨 너무도 사랑하던 그의 입술을 더듬어 보았다. 하지만 밀짚 인형을 안고 있는 기분이었다.

"난 잠시 떠나 있을게. 당신에게 생각할 시간을 줄게." 그가 절망적으로 말했다. "난 당신 없이는 살 수 없어. 하지만 당신은 믿을 수 없는 남자와는 결혼할 수 없겠지. 마침 숙부님이 내게 런던으로 출장을 가라고 하시기도 하고."

그날 밤 그는 떠났다. 어두운 부두의 슬픈 정경이었다. 그녀가 무너지지 않을 수 있었던 건, 이제 그녀를 떠나가는 어느 강인한 이미지의 사람 때문은 아니었다. 그가 없어도 그녀는 충분히 강인했다. 하지만 흐릿한 불빛이 그의 이마와 턱의 조각 같은 선을 비출 때, 그녀는 사람들이 고개를 돌려 그를 바라보는 것을 보았다. 시선들은 그저 그를 향했다. 이루 말할 수 없는 공허감에 사로잡혀 그녀는 말하고 싶었다. '괜찮아, 딕. 우리 함께 노력해.'

하지만 무슨 노력을 해야 한단 말인가. 성공과 실패를 두고 동전을 던지는 놀음을 하는 건 인간적인 일이지만, 안정과 재앙 사이에서 암울한 도박을 하는 건 그렇지 못했다.

"아, 딕. 멋지고 강해져서 내게 돌아와. 변해야 해. 꼭 달라져야 해. 딕!"

"안녕, 줄리아, 안녕."

그녀가 마지막으로 본 것은 갑판에 선 그의 모습이었다. 담배에 불을 붙이자 드러난 그의 옆얼굴은 카메오 조각처럼 선연했다.

4

처음과 끝 모두, 그녀와 함께한 것은 필 호프만이었다. 그 소식에 충격을 받지 않도록 할 수 있는 한 돌려서 전해준 것도 그였다. 아침 여덟 시 반에 그녀의 아파트에 와서는 조심스레 조간신문을 치워 버리기도 했다. 딕 래그랜드는 항해 중에 사라졌다.

그녀가 한바탕 걷잡을 수 없이 울고 난 뒤, 그는 일부러 좀 잔인하게 말했다.

"그 사람은 자기 자신을 알고 있었지. 의지는 이미 꺾여 있었어. 더 이상 살고 싶지 않았던 거야. 줄리아, 되도록 자책하지 마. 이건 알아야 할 것 같아. 당신이 캘리포니아로 간 이후부터 넉 달 동안 그는 사무실에 거의 출근하지 않았어. 숙부 덕분에 해고는 안 되었지. 런던 출장 건은 전혀 중요한 일도 아니었고. 첫 열정이 식어버리자 그는 그냥 포기해버렸던 거야."

그녀는 홱 고개를 돌려 그를 바라보았다. "술은 안 마셨지? 그렇지? 음주를 하면서 그런 건 아니지?"

짧은 순간이나마 필은 주저했다. "그래, 안 마셨어. 그 약속은 지켰어. 깨지 않았어."

"그럼 그 때문이야." 그녀가 말했다. "약속을 지키기 위해서, 그 것 때문에 자살한 거였어."

필은 불편한 표정으로 아무 말도 하지 않았다.

"그는 스스로 하겠다고 한 일을 했어. 그러다 견딜 수가 없었던 거야." 그녀는 목이 멘 채 말을 이었다. "아, 산다는 건 때론 어찌 나 잔인한지. 너무 잔인해. 그 누구에게도 만만하지가 않아. 딕은 참 용감했어. 자신이 한 약속을 지키느라 죽은 거잖아."

필은 사고 당일 선상 술집에서 딕이 얼마나 떠들썩한 밤 시간 을 보냈는지 암시하는 기사가 실린 조간신문을 치워버려서 다행 이라고 생각했다. 필이 알기로 그날은 지난 몇 달간 수도 없이 반 복된 밤중 하룻밤이었을 뿐이었다. 딕의 약점이 자신이 사랑하 는 여자의 행복을 위협했기에 필은 이 모든 것이 끝나서 다행이 라고 생각했다. 물론 딕의 일은 유감이었다. 그가 자신의 삶에 적 응하지 못해 하나 둘 연이은 말썽을 일으키다 걷잡을 수 없이 치 달을 수밖에 없었다는 것도 어쩌면 이해할 수 있었다. 하지만 필 은 줄리아가 폐허가 된 사랑에서 꿈이라도 건져 올려 품고 있으 라고 배려할 정도로 현명하기도 했다.

일 년 후 결혼 직전 그녀가 이런 말을 했을 때, 필은 아차 싶기는 했다.

"딕에 대해 품고 있는 내 마음, 영원히 간직할 건데 이해해 줄 거지, 필? 그 사람 외모 때문에 사랑한 건 아니야. 난 그 사람을 믿었어. 그리고 한편으로 내가 옳았잖아. 그는 구부러지느니 부러지고 마는 타입이었어. 망가진 사람이었지만 나쁜 사람은 아니었다고. 처음 봤을 때부터 마음속으로 느끼고 있었어."

필은 움찔했다. 하지만 아무 말도 하지 않았다. 어쩌면 알려진 것보다 더 깊은 사정이 있었을 것이다. 그렇다면 그런 여하간의 사정은 그녀의 마음 깊은 곳과 저 바다 깊은 곳에 묻어두는 것이 더 나을 것이다.

겨울 꿈

겨울 꿈

1

어떤 캐디들은 찢어지게 가난해서 신경쇠약에 걸린 암소 한 마리를 마당에서 키우며 방 한 칸짜리 집에 살았다. 하지만 덱스터 그린의 아버지는 블랙 베어에서 두 번째로 좋은 식료품점을 운영하고 있었다. 최고의 식료품점은 셰리 아일랜드 출신 부자들이 주 고객인 '더 헙'이었다. 따라서 덱스터에게 캐디 일이란 그저 용돈벌이였다.

날씨가 서늘해지고 흐려지는 가을과 하얀 상자 뚜껑이 덮힌 듯한 길고 긴 미네소타의 겨울에 덱스터는 골프장 페어웨이를 덮은 눈 위를 스키를 타고 다녔다. 이런 계절에 이 지역은 그를 깊은 멜랑콜리에 젖어들게 만들었다. 긴 계절 동안 어쩔 수 없이 놀려야 하는 골프 코스에 초라한 참새들만 몰려다니니 상심하지 않을 수 없었다. 거기에 따분하기까지 했다. 여름에 밝은 깃발이 난무하던 티 (골프에서 공을 치는 자리 - 옮긴이)에는, 얼어붙은 눈이 무릎 높이만큼 쌓인 모래 구획만이 황량하게 버려져 있었다. 언덕을 넘을 때면 비정하리만큼 차가운 바람이 살을 에어 왔다. 해가 비친다 해도 무한히 사방으로 퍼지는 강한 광선 때문에 실눈을 뜨고 저벅저벅 걸어야만 했다.

4월이 되면 겨울은 돌연 멈추었다. 눈은 녹아서 블랙 베어 호수로 흘러 들어갔고, 때 이르게 골프장에 나온 용감한 골퍼들이 빨간 공, 검은 공을 치는 데는 별지장이 없었다. 추위는 득의만만할 새도 없이, 촉촉하게 적셔진 영광으로 뜸을 들이지도 않은 채, 그렇게 휙 가버렸다.

이 북부 지방의 봄에는 어딘가 음울한 구석이 있다는 것을 덱스터는 알고 있었다. 가을에는 어딘가 매혹적인 구석이 있다는 것 또한 알았다. 가을에 그는 두 손을 맞잡고 떨면서 쓸데없는 문장들을 스스로에게 되뇌었고, 청중들과 군대들을 머릿속으로 그리며 별안간 극적인 제스처를 재빨리 지어 보이곤 했다. 10월이면 희망이 그를 가득 채웠고, 11월에는 일종의 황홀한 승리감까지 느낄 정도로 고양되었다. 이런 분위기 속에 셰리 아일랜드에서 보내는 짧은 여름의 눈부신 나날들은 그에게 좋은 돈벌이가 되었다. 상상 속에서는 그 자신이 골프 챔피언이 되어서 T. A. 헨드릭을 멋지게 이기는 광경이 백 번도 넘게 펼쳐졌다. 시합의 세세한 부분을 그는 지치지도 않고 계속 바꾸었다. 때로는 우스울 만큼 쉽게 이기기도 했고, 때로는 뒤처지다가 멋지게 역전을 하기도 했다. 아니면 모티머 존스처럼 피어스 애로우 승용차에서 내려 셰리 아일랜드 골프 클럽으로 무덤덤하게 걸어 들어가기도 했다. 숭배하는 군중들에 둘러싸여 클럽의 뗏목에서 멋진 다이빙을 선보이기도 했다. 입을 벌리고 감탄하며 그를 우러러보는 군중들 속에는 모티머 존스도 있었다.

그러다 모티머 존스 씨가, 그러니까 상상 속의 유령이 아니라 진짜 존스 씨가 눈물을 머금고 덱스터를 찾아 왔다. 그는 덱스터가 클럽 최고의 캐디라고 말했다. 다른 캐디들은 코스에만 나갔다 하면 한 홀 당 공을 하나씩 - 정기적으로 - 잃어버리는데, 덱스터는 그런 일을 만들지 않는 뛰어난 캐디이니 그만두지 말라고 했다.

"아니오." 덱스터가 분명히 말했다. "저는 더 이상 캐디 일은 안 해요." 그러고는 잠시 뜸을 들였다가 말했다. "그러기엔 나이가 많아요."

"열네 살도 안 되지 않았니? 대체 왜 오늘 아침에 그만두고 싶다는 결정을 한 거니? 다음 주에 나와 같이 주 대항 토너먼트에

나가기로 약속했잖아."

"그럴 나이가 지났다니까요."

덱스터는 자신의 'A급' 배지를 건네주고, 자신의 캐디수당을 캐디 반장에게서 챙겨 블랙 베어 빌리지에 있는 집으로 걸어 돌아갔다.

"내가 만난 캐디 중 최고였는데." 모티머 존스가 그날 오후 술을 한 잔 걸치고 말했다. "공 하나를 안 잃어버리는 친구라니까! 의지도 강하고, 머리도 좋고, 과묵하고, 정직한 데다, 감사할 줄도 알지!"

덱스터가 캐디 일을 그만둔 건 사실은 열한 살짜리 여자아이 때문이었다. 몇 년이 지나면 이루 말할 수 없이 사랑스러워져서 수도 없는 남자들에게 끝도 없는 비참함을 선사하게 될 테지만, 아직은 어려서 예쁘게 못생긴 그런 작은 여자아이였다. 하지만 불꽃이 느껴졌다. 미소를 지을 때 입꼬리 아래를 삐죽거리는 모습과 - 오, 신이시여 - 열정이 깃든 눈은 사악하기까지 했다. 이런 여성들은 어릴 때부터 생기가 넘치는 법이다. 열한 살에도 그 가냘픈 체구에서 은은한 빛이 확연히 뿜어져 나오고 있었다.

소녀는 흰 리넨 옷을 입은 유모와 함께 아홉 시 정각에 그린에 나가고 싶어 안달이었다. 유모가 메고 있는 하얀 캔버스 백 안에는 작은 새 골프채 다섯 개가 들어있었다. 덱스터가 처음 봤을 때 소녀는 심사가 틀어졌는지 좀 불편한 모습으로 캐디 하우스 옆에 서 있었다. 놀라울 정도로 안 어울리는 오만상을 짓고 대화를 억지로, 그러면서도 짐짓 우아하게 나누면서 불편한 심사를 애써 숨기려 하고 있었다.

"날씨는 좋네요, 힐다." 소녀가 하는 말이 들렸다. 그리고 입을 야무지게 다물고 미소를 짓더니 슬쩍 주위를 둘러보았다. 그렇게 휙 둘러보며 얼른 덱스터에게 눈길을 던졌다.

그러더니 유모에게 말했다.

"오늘 아침에는 사람들이 별로 없는 것 같아요."

그러고는 미소를 지었다. 눈부시지만 억지웃음인 게 빤히 보이는 그런 미소가 제법 그럴싸했다.

"이제 어떻게 해야 할지 모르겠네." 유모는 딱히 눈길을 어디에도 주지 않고 말했다.

"아, 괜찮아요. 제가 어떻게든 해볼게요."

덱스터는 입을 약간 벌리고 꼼짝도 않고 서 있었다. 한 걸음만 앞으로 나가도 소녀의 시야 안으로 들어가게 되고, 뒷걸음질을 치면 소녀의 얼굴을 볼 수 없게 되는 위치였다. 잠시 소녀가 몇 살인지 잊어버리고 있었다. 그러다 일 년 전에 블루머 반바지를 입은 모습을 여러 번 봤다는 게 기억이 났다.

갑자기 자신도 모르게 웃음이 터져 나왔다. 짧게 쿡쿡 웃고는 스스로 놀라서 얼른 발길을 돌려 걸어가기 시작했다.

"이봐, 보이!"

덱스터가 멈췄다.

"보이…."

두말할 것도 없이 자신을 부르는 소리였다. 그뿐만이 아니었다. 소녀의 말도 안 되는 미소를 돌아서서 접해야 했다. 그 터무니없는 미소라니, 최소한 한 다스의 남자들이 중년에 접어들도록 잊지 못하고 기억할 만한 미소였다.

"보이, 골프 강사가 어디 있는지 알아?"

"강사는 수업 중이야."

"음, 그럼 캐디장이 어디에 있는지 알아?"

"오늘 아침에는 아직 안 나왔는데."

"아!" 소녀는 잠시 당황한 듯 두 발을 동동 굴러 댔다.

"우리는 캐디 한 명을 쓰고 싶어." 보모가 말했다. "모티머 존스 부인이 골프를 치라고 우리를 여기로 보냈는데, 캐디 없이 어떻게 골프를 칠지 모르겠네."

그렇게 말하다 보모는 존스 양이 보내는 불길한 눈총에 말을 멈추고는 급히 미소로 수습해 보였다.

"저 말고는 여기 캐디가 없어요." 덱스터가 보모에게 말했다. "그런데 저는 캐디장이 올 때까지 여기 있어야 해요."

"어머."

존스 양과 그 일행은 물러났다. 하지만 덱스터에게서 적절한 거리를 두고 서서 열띤 입씨름을 하던 중, 존스 양은 골프채 중 하나를 꺼내어서는 땅에 대고 거칠게 휘두르기까지 했다. 사실 제대로 얘기하자면 소녀가 클럽채로 보모의 가슴을 겨누고 내리친 순간 보모가 골프채를 잡아서는 비틀어서 빼앗아버린 것이다.

"이 못된 할망구야!" 존스 양이 드세게 소리를 질렀다.

또 입씨름이 시작되었다. 장면에 희극적 요소가 있어서 덱스터는 여러 번 웃음이 터져 나올 것 같았지만 다행히 웃음이 새어나가기 전에 자제할 수가 있었다. 그 작은 소녀가 보모를 공격할 만도 하다는 짓궂은 확신이 자꾸 드는 걸 참을 수가 없었다. 다행히 캐디장이 나타나면서 상황은 종료되었다. 보모는 즉시 캐디장에게 호소하기 시작했다.

"존스 양이 어린 캐디를 써야 하는데, 여기 있는 소년은 갈 수가 없다네요."

"맥케나 씨가 저한테 매니저님 올 때까지 기다리라고 했어요." 덱스터가 얼른 말했다.

"음, 이제 왔잖아?" 존스 양이 캐디장을 보며 즐거이 말했다. 그러더니 골프 백을 땅에 툭 던지더니 첫 번째 티를 향해 거드름을 피우며 잰 걸음으로 걸어가기 시작했다.

"어이, 여기 왜 멍청하게 서 있어? 가서 어린 숙녀분의 골프채를 들어."

"오늘은 안 나가요." 덱스터가 말했다.

"뭐라고? 안 나가…"

"그만두겠어요."

얼마나 엄청난 결정을 한 건지 깨닫자 겁이 덜컥 나긴 했다. 덱스터는 인기 있는 캐디였고, 한 달에 삼십 달러의 수입은 호숫가 주변 동네에서는 여름 내내 일해도 벌 수 없는 돈이었다. 하지만 정신적인 충격으로 이렇게 동요하게 될 때에는 성급하다 할지라도 즉시 해결할 필요가 있었다.

사실 그리 단순한 일이 아니었다. 덱스터는 무의식적으로 자신의 겨울 꿈에 이끌려 행동하고 있었고, 그건 앞으로 자주 일어날 일이기도 했다.

2

이제 이런 겨울 꿈들은 삶의 시기에 맞게 달라져 있었다. 하지만 중요한 내용이 어디로 간 것은 아니었다. 덱스터는 이제는 사업에 성공한 아버지가 학비를 무리 없이 대줄 수 있는 주립대의 비즈니스 강좌를 포기하고, 몇 년 후 자신의 겨울 꿈을 좇아 동부에 있는 더 전통있고 유명한 대학으로 진학하는 모험을 택했다. 당연히 돈에 쪼들렸다. 그렇지만 덱스터의 초기 겨울 꿈에 부자들에 대한 사색만 있다고 해서 그의 내면이 속물스럽다고 속단해서는 안된다. 덱스터는 반짝이는 것들이나 반짝이는 사람들과 엮이는 것을 원하는 게 아니었다. 그는 그 반짝이는 것 자체를 원했다. 종종 그는 자신이 왜 원하는지도 모르는 채 가장 좋은 것을 잡으려 손을 뻗었다. 때로는 알 수 없는 거절과 금지를 맛보아야 했는데, 이는 삶이 제멋대로 선사하는 경험이 아니던가. 이 글 역시 그의 경력을 전부 그리는 이야기가 아니라, 그렇게 거절당한 경험 중 하나를 그리는 이야기이다.

덱스터는 부자가 되었다. 이는 다소 놀라운 일이기는 했다. 대학을 졸업한 후 그는 블랙 베어 호수에 찾아오는 부유한 고객들이 사는 도시로 갔다. 스물셋 나이에 그 도시에 간지 채 2년이 안되었을 때, 사람들은 이미 이렇게 말했다. "저 친구가 그 사람이야." 그의 주변에 있는 부잣집 아들들은 위태위태하게 채권을 팔거나, 유산을 투자하거나, '조지 워싱턴 상업 강좌' 스물네 권을 힘겹게 읽고 있거나 했다. 하지만 덱스터는 자기 학위와 자신만

만한 말솜씨로 천 달러를 빌렸고 세탁소의 파트너십을 인수했다.

세탁소는 덱스터가 사업을 시작했을 때는 작은 규모였지만, 모직 골프 스타킹을 원형 그대로 보존하는 영국식 세탁법을 배워서 그 기술을 내세우다 보니, 일 년도 되지 않아 니커보커(바지통이 약간 넓고 무릎 바로 아래에서 밴드로 여미는 스포츠용 바지 - 옮긴이)업종의 세탁을 독점하게 되었다. 남자들은 골프공을 잘 줍는 캐디를 쓸 것을 고집하는 것처럼 셰틀랜드 표 양말과 스웨터는 덱스터의 세탁소로 보내기를 고집했다. 얼마 후 그는 남자고객 아내들의 속옷들도 세탁하게 되었고, 도시 이곳저곳에 다섯 개 지점을 운영하게 되었다. 그렇게 덱스터는 스물일곱이 되기 전에 미국 이지역에서 가장 큰 세탁소 체인을 소유하게 되었다. 이후 그는 이사업을 매각하고 뉴욕으로 갔다. 하지만 덱스터 삶에서 우리에게 중요한 지점은 그가 처음으로 큰 성공을 거두었을 시절의 이야기로 돌아가야 한다.

스물세 살일 무렵 덱스터에게 '저 친구가 그 사람이라네'를 입버릇처럼 말하던 은발 신사 중 한 명이었던 하트 씨가 주말에 한번 셰리 아일랜드 골프 클럽에 오라고 게스트 카드를 주었다. 그래서 덱스터는 어느 날 명단에 이름을 올리고는 그날 오후 하트 씨, 샌드우드 씨, 그리고 T.A. 헨드릭 씨와 함께 골프를 쳤다. 한

때 자신이 바로 이 코스를 넘어 다니며 하트 씨의 골프 백을 메고 다녔다는 이야기와 눈을 감고도 장애물과 도랑을 속속들이 알고 있다는 말은 할 필요가 없다고 생각했다. 하지만 그는 자신들 뒤를 따라오는 네 명의 캐디들을 보며 자신의 과거와 현재 사이의 간극을 행여 좁힐 만한, 자신과 비슷한 눈빛이나 동작이 있는지 살펴보았다.

친숙한 이미지들이 둥둥 떠다니고 불쑥불쑥 떠오르는 흥미로운 날이었다. 어느 순간에는 자신이 침입자처럼 느껴지다가도, 다음 순간 더 이상 골퍼가 아닌 그저 따분하기만 한 T.A. 헨드릭을 보며 상당한 우월감에 젖어 감상에 빠지기도 했다.

그러다가 하트 씨가 15번 그린에서 볼 하나를 잃어버리면서 엄청난 일이 벌어졌다. 이들이 러프의 뻣뻣하게 자란 풀숲에서 공을 찾고 있을 때, 뒤쪽 사면에서 "포어!"(골프에서 공이 날아가는 쪽에 있는 사람들에게 위험하다고 외쳐주는 경고성 표현 - 옮긴이)라고 또렷하게 외치는 소리가 들려왔다. 공을 찾던 이들이 놀라서 몸을 돌린 순간 빛나는 공 하나가 새로 고개 너머에서 휙 날라와 T.A. 헨드릭의 복부를 가격했다.

"젠장!" T.A. 헨드릭이 외쳤다. "이 정신머리 없는 여자들은 코스에서 다 내쫓아야지 말이야! 점점 막 나가고 있잖아!"

고개 너머에서 머리가 쏙 올라오며 목소리도 같이 들려왔다.

"지나가도 될까요?"

"당신 공에 내가 배를 맞았다고!" 헨드릭이 거칠게 소리쳤다.

"그래요?" 여자 한 명이 남자들 그룹으로 다가왔다. "제가 '포어!'라고 소리쳤는데요."

여자가 눈으로 심드렁하게 남자들을 하나씩 쳐다보더니 자기 공을 찾아 페어웨이를 훑어보았다.

"제 공이 러프로 튕겨 들어갔나요?"

정말 궁금해서 묻는 건지 성격이 고약해서 그러는 건지 가늠할 수가 없었다. 하지만 이내 분명해졌다. 여자의 파트너가 고개를 넘어오자 여자는 명랑하게 외쳤다.

"나 여기 있어요! 내 공이 뭘 치기는 했는데 그린에 떨어졌어요!"

여자가 5번 아이언으로 짧게 공을 치려고 자세를 잡을 때, 덱스터는 여자를 자세히 보았다. 여자는 푸른 깅엄 원피스를 입고 있었고, 목과 어깨에 흰색 테가 둘러져 있어서 그을린 피부가 돋보였다. 감정이 풍부한 눈과 아래로 처진 입을 두드러지게 만들었던 열한 살 때의 마른 체형은 이제 사라지고 없었다. 그녀는 눈에 띄게 아름다웠다. 뺨의 홍조는 그림에나 나오는 모습처럼 얼굴 중앙에 자리하고 있었다. '달아오른' 홍조가 아니라 흔들리며 타오르는 온기 같은 그런 홍조로, 미묘한 층을 이루고 있어서 언제라도 물러가 사라질 것 같은 색이었다. 이 색과 입술의 움직임이 멈추지 않는 흐름, 강렬한 삶, 열정 넘치는 생기를 계속 떠오르게 했다. 여자의 슬프고도 매혹적인 눈이 부분적으로 균형을 잡아주고 있었다.

여자는 5번 아이언을 참을성 없이 대수롭지 않다는 듯 휘둘렀고, 공은 반대편 그린의 모래밭에 떨어져 버렸다. 재빨리 성의 없는 미소를 지어 보이며 무신경하게 '감사해요'란 말을 남긴 채 여자는 공을 좇아가버렸다.

여자가 앞서가게 해주려고 기다리면서 다음 티에서 헨드릭 씨가 불쑥 말했다. "저 주디 존스란 여자 말이지! 엎어 놓고 6개월 동인 잉딩이를 때려 버릇을 고쳐주고 보수적인 군인 상교한테나 시집을 보내든가 해야지 말이야!"

"그래도 한 인물 하는데요!" 갓 서른을 넘은 샌드우드 씨가 말했다.

"한 인물 한다고?" 헨드릭 씨가 경멸조로 말했다. "키스 받고 싶어요 하는 꼬락서니지! 그 암소 같은 눈길을 동네 모든 송아지들한테 흘리고 다니면서 말이야!"

헨드릭 씨가 모성 본능을 빗대느라고 암소 얘기를 한 것 같지는 않았다.

"하려고만 하면 골프도 꽤 잘 치겠는걸요." 샌드우드 씨 말이었다.

"자세가 엉망이야." 헨드릭이 진지하게 답했다.

"몸매는 좋아요." 샌드우드의 말이 이어졌다.

"저 여자 구속이 떨어지는 게 천만다행이지." 덱스터에게 윙크를 하며 하트 씨가 말했다.

그날은 황금빛에 다채로운 푸른색과 선홍색이 찬연하게 뒤섞이며 오후 늦게 해가 졌다. 서부의 건조하고 바삭거리는 밤만 뒤에 덩그러니 남았다. 덱스터는 골프 클럽의 베란다에서 미풍에 호수물이 물결치며 보름달 아래 은빛 당밀시럽처럼 퍼지는 것을 보고 있었다. 달이 손가락을 하나 들어 입술에 대자, 호수는 창백해지며 맑은 웅덩이가 되어 잠잠해졌다. 덱스터는 수영복을 입고 가장 멀리 있는 뗏목까지 헤엄쳐 갔다. 거기서 그는 도약판의 젖은 캔버스 위에 물을 뚝뚝 흘리며 몸을 쭉 뻗어 누웠다.

물고기가 첨벙 뛰어오르고, 별이 빛나고, 호수 주변의 불빛들이 희미하게 아른거리고 있었다. 어둠에 잠긴 곳에서는 피아노가 작년 여름, 그 이전의 여름의 노래들을 연주하고 있었다. '친친'과 '룩셈부르크의 백작', '초콜릿 병정' 같은 노래들이었다. 펼쳐진 물 위로 들려오는 피아노 소리는 덱스터에게는 늘 아름답게 들렸기 때문에 그는 꼼짝 않고 누워 귀를 기울였다.

그 순간 들려오는 피아노 연주곡은 덱스터가 대학 2학년이던

5년 전에는 즐겁고 새롭게 들렸었다. 무도회에 가는 사치를 누릴 수 없었던 시절 어느 무도회에서 이 곡이 흘러 나왔고, 그는 체육관 밖에 우두커니 서서 이 곡을 들었던 적이 있었다. 이제 그 음악이 들려오자 그는 일종의 황홀경에 빠져 들었고, 자신에게 일어난 일들도 도취감과 함께 다가왔다. 그것은 강렬한 음미였고, 자신이 드디어 삶의 중심부에 가까워졌다는 느낌이자 자신 주변의 모든 것이 다시는 알지 못할 밝음과 광채를 발하고 있는 것 같은 그런 느낌이었다.

낮고 창백한 직사각형 물체가 섬의 어둠에서 갑자기 떨어져 나오더니, 모터보트의 엔진이 털털털 도는 소리가 들려왔다. 두 줄기의 하얀 물거품을 뒤로 남기며 물을 가르며 달려온 보트는 어느 틈엔가 덱스터 옆에 와 멎었다. 덱스터는 팔꿈치에 기대 몸을 일으켜 보트 운전대에 선 인물을 바라보았다. 어두운 두 개의 눈동자가 펼쳐진 물을 배경으로 그를 지그시 바라보고 있었다. 보트는 이내 저만치 움직여 가서는 호수 중앙에서 빙빙 돌며 쓸데없이 엄청난 물보라를 일으켰다. 마찬가지로 만들어진 원들 중 하나가 넓게 퍼지더니 뗏목을 향해 되돌아왔다

"거기 누구예요?" 여자가 모터 엔진을 끄며 외쳤다. 다시 너무 가까이 와 있어서 이번에는 덱스터 눈에 핑크색 원피스 수영복인 게 분명한 여자의 수영복이 보였다.

보트 앞부분이 뗏목을 들이받으면서 뗏목이 비스듬히 기울어지는 바람에 그는 여자 쪽으로 미끄러졌다. 관심의 정도는 달랐지만 둘은 서로를 알아보았다.

"오늘 오후 내내 저쪽 분들과 골프 치시던 분 아닌가요?" 여자가 물었다.

그러했다.

"모터보트 몰 줄 아세요? 당신이 몰 줄 알면 저는 뒤에서 서핑보드를 탈 수 있어서요. 제 이름은 주디 존스예요." 선심이라도 쓰듯 여자는 씩 미소를 지어 보였다 - 사실 그보다는 미소를 지으려다가 입꼬리가 한껏 말렸다는 쪽이 더 맞는 말이었다. 그 모습은 기괴하기 보다는 그저 아름다웠다 - "저는 저 섬에 있는 집에 살아요. 그 집에서 한 남자가 저를 기다리고 있어요. 남자가 차를 몰고 현관에 도착했을 때 나는 보트를 몰고 나왔어요. 내가 자기 이상형이라고 하길래요."

물고기는 첨벙 뛰어오르고, 별은 빛나고, 호수 주변 불빛들은 아스라했다. 덱스터는 주디 존스 옆에 앉았고, 주디는 보트를 어떻게 모는지 설명했다. 그러다 주디는 물에 들어가 우아한 자유형으로 서핑 보드까지 헤엄쳐 갔다. 그는 그녀를 보았다. 나뭇가지가 흔들리거나 갈매기가 나는 모습을 보는 것처럼 보려고 따로 애쓰지 않아도 자연스럽게, 그저 보여서 보았다. 버터넛 색으로 그을린 주디의 팔이 백금색 파문을 잔잔히 일으키며 우아하게 움직이고 있었다. 팔꿈치가 먼저 올라왔고 앞 팔이 움직이며 물이 율동적으로 뒤로 튕겨졌고, 팔은 앞으로 뻗었다 다시 잠기면서 앞쪽으로 나가는 길을 찔러댔다.

둘은 그렇게 호수 안쪽으로 더 들어갔다. 돌아보니 주디는 서핑 보드에 올라가 무릎을 꿇고 앉아있어서 보드의 앞쪽이 들려 있었다.

"더 빨리 가요." 주디가 외쳤다. "갈 수 있을 만큼 빨리요."

그 말대로 덱스터는 레버를 앞쪽으로 고정시켜서 하얀 포말이 뱃머리에 일도록 민들있다. 돌아보니 그녀는 질주하는 서핑 보드 위에 서서 팔을 벌리고 달을 올려다보고 있었다.

"진짜 춥네요." 여자가 외쳤다. "그쪽 이름이 어떻게 돼요?"

말을 해주었다.

"음, 내일 밤에 저녁 먹으러 올래요?"

그의 심장이 보트의 플라이휠처럼 뒤집혔다. 이렇게 또다시 그녀의 무심한 변덕이 그의 삶의 방향을 바꾸었다.

3

다음 날 저녁 덱스터는 그녀가 아래층으로 내려오기를 기다
렸다. 앞서 주디 존스를 사랑했던 남자들을 상상해보니 깊고 부
드러운 여름 객실과 그 방과 연결된 베란다를 가득 채울 지경이
었다. 덱스터는 이런 종류의 남자들이 어떤 사람인지 잘 알았다.
대학에 처음 들어갔을 때부터 보았던, 유명 사립학교 출신에 우
아한 패션을 갖춰 입고 다니며 여름을 건강하게 보내어서 볕에
잘 그을린 피부를 한 남자들이었다. 한편으로는 자신이 이들보
다 낫다는 것도 알고 있었다. 자신이 더 참신했고 더 강했다. 하
지만 장차 자신의 자녀들은 그들처럼 되기를 바라고 있다는 걸
인정할 수밖에 없었고, 자신은 그런 남자들을 끊임없이 만들어
내는 거칠고 강력한 원천 같은 존재라는 것 역시 받아들이지 않
을 수 없었다.

좋은 옷을 입어야 할 때가 왔을 때 덱스터는 미국 최고의 재단
사가 누구인지 알고 있었고 이날 밤에 입은 양복은 그 재단사에
게 맞춘 옷이었다. 다른 대학 출신들과 확연히 구별되는 모교 출
신들만의 독특한 취향도 익혔다. 그러한 매너가 자신에게 어떤 가
치인지를 인지하고 채택했던 것이다. 복장과 매너를 초월하여 무

심하게 굴 수 있으려면 단순히 조심하는 것 이상의 단단한 자신감이 필요하다는 것 역시 알고 있었다. 그러나 그런 무심함은 자신의 자식대에서나 가능했다. 덱스터 어머니의 원래 성은 크림슬리치였다. 보헤미아 농부 계급 출신이었고, 죽는 날까지 모국어 억양을 버리지 못했다. 그런 어머니의 아들이 사교계에 입성하려면 정해진 패턴대로 행동해야 했다.

일곱 시가 조금 지나 주디 존스가 계단을 내려왔다. 푸른 실크로 된 애프터눈 드레스를 입고 있었는데, 덱스터는 더 우아한 옷을 입지 않은 그녀의 모습에 처음에는 적잖이 실망을 했다. 간단히 인사를 나눈 후 주디가 식기실로 가서 문을 열고는 "마사! 이제 저녁을 서빙해야 돼요"라고 외쳤을 때 이러한 감정은 더욱 굳어졌다. 집사가 칵테일로 시작을 하겠다며 저녁을 알리기를 내심 기대하던 차였다. 하지만 라운지에 나란히 앉아 서로를 마주 보자 그런 생각은 저만큼 달아나 버렸다.

"엄마, 아빠는 여기 안 오실 거예요." 주디가 조심스레 말했다.

덱스터는 마지막으로 그녀의 아버지를 봤던 때를 기억했다. 주디의 부모님이 오늘 밤 여기 없어서 기뻤다. 부모님은 그가 누구인지 궁금해할 수 있었다. 덱스터는 50마일 더 위쪽에 자리한 미네소타 주의 한 마을인 키블에서 태어났다며, 블랙 베어 대신 키블이 자기 고향이라고 말하고 다녔다. 공교롭게도 지적에 있지 않고 인기 있는 유명 호숫가에 자리 잡고 있어 사람들 발을 많이 타는 곳이 아니라면, 출신지로 둘러대기에는 읍 단위 마을이 안성맞춤이었다.

둘은 덱스터의 대학에 대해 이야기했다. 마침 주디는 지난 2년 동안 그곳을 자주 방문했다고 했다. 셰리 아일랜드에 단골로 드나드는 고객들이 사는 근방 도시 얘기도 했고, 다음날 덱스터가 번창일로의 세탁 사업점 일을 하러 돌아갈지에 대한 이야기도 나누었다.

저녁 식사 동안 주디의 감정은 다소 우울하게 돌변해서 그 모습을 지켜보는 덱스터는 불안했다. 쉰 목소리로 어떤 불평을 해도 걱정이 되었다. 무엇을 보고 미소를 짓건, 설사 닭의 간같이 대수롭지 않은 일에 미소를 지어도 덱스터의 마음은 산란했다. 주디의 미소는 기쁘거나 즐거워서 우러나오는 미소가 아니라서 더욱 그러했다. 주디의 선홍빛 입술 꼬리가 살짝 쳐지며 내려가면 그건 미소라기보다는 키스를 해달라는 초대 같았다.

저녁이 끝난 후 주디는 덱스터를 끌고 어두운 베란다로 나와 짐짓 분위기를 바꾸었다.

"저, 조금 울어도 돼요?"

"저 때문에 지루한가 봅니다." 덱스터가 냉큼 답했다.

"아녜요. 전 당신이 마음에 들어요. 하지만 오늘 오후는 엉망진

창이었어요. 제가 마음을 쓰는 남자가 한 명 있는데 오늘 난데없이 자기가 무일푼이라고 말하잖아요. 전에는 그런 기색도 비친 적이 없어요. 이런 이야기는 너무 세속적인가요?"

"당신한테 말하기 두려웠나 봅니다."

"그랬나 봐요." 주디가 답했다. "그는 시작을 잘못했어요. 있잖아요, 그가 가난뱅이라고 생각했다면… 어, 그러니까, 저는 가난한 남자들을 꽤 많이 좋아해본 적 있고, 그들과 결혼할 의향은 충분히 있었단 말이죠. 하지만 이 사람의 경우에는 그를 그렇게 본 적이 없고, 그이에 대한 내 관심은 이 충격을 극복할 만큼 강하지 않은 것 같아요. 이건 마치 약혼할 사람에게 침착하게 '난 사실 과부예요'라고 알린 것과 같은 일이라서요. 과부를 꼭 남자가 사양하지 않을는지도 모르겠지만, 아무튼… 우린 제대로 시작하자고요."

주디는 자신이 하던 말을 자신이 끊고는 별안간 말했다. "어쨌든 당신은 누구죠?"

덱스터는 잠시 망설였다. 그러다 말했다.

"별 볼일 없는 사람이죠." 그렇게 당당히 말해버렸다. "제 경력이라는 것도 주로 미래가 입증할 일이고요."

"가난한가요?"

"아니오." 그가 솔직히 답했다. "아마 저는 미 북동부 지역에서

제 또래 남자 그 누구보다도 돈을 잘 벌죠. 노골적인 표현이기는 하지만, 당신이 제대로 시작하자고 하니 미리 얘기 하는 겁니다."

잠시 침묵이 있었다. 그러더니 주디는 미소를 지었고, 입꼬리가 살짝 아래로 내려갔다. 그리고 가만히 그의 눈을 올려다보며 알 듯 모를 듯 은근히 그에게 몸을 기울여 왔다. 덱스터는 목에 뜨거운 덩어리가 올라오는 것 같아서 숨을 참으며 다음 실험을 기다렸다. 둘의 입술을 이루는 원소들이 신비롭게 어우러져 알 수 없는 복합물질을 생성하는 순간이었다. 그는 알았다. 주디의 키스는 약속하는 키스가 아니라 충족되기를 갈구하는 키스이고, 이 키스로 그녀는 들뜬 흥분을 자신에게 거침없이, 깊숙이 전달하고 있다는 것을. 이 키스는 되풀이를 원하는 허기를 불러일으키는 대신 더욱 탐하게 만드는 탐심을 불러일으켰다. 자선을 베풀듯 주어지는 이 키스들은 그 어떤 것도 감추고 내놓지 않는 일이 없이 퍼부어지며 더 깊은 갈망을 만들어 냈다.

불과 몇 시간만에 덱스터는 자존심 강하고 꿈이 많았던 어린 소년시절부터 죽 주디 존스를 원했노라고 인정하고 있었다.

4

그렇게 시작된 강렬함은 더해졌다 덜해졌다를 반복하며 대단
원의 음표를 찍기까지 계속되었다. 덱스터는 살아생전 만나 본 사
람 중 가장 직설적이고 가장 제멋대로인 성격의 소유자에게 그
만 자신의 일부를 내어주고 말았다. 무엇을 원하든 주디는 자신
의 매력을 총동원해서 압박을 해댔다. 다채로운 방법을 구사하
는 것도 아니었고, 어떤 위치를 점하는 것도 아니었고, 일어날 일
의 영향을 미리 가늠해보는 일도 없었다. 어떤 일을 벌이든 주디
가 벌이는 일에는 정신적인 면은 별로 없었다. 그녀는 그저 자신
의 육체적인 매력을 남자들이 최대치로 의식하게 만들 뿐이었
다. 덱스터는 주디를 대놓고 바꾸겠다는 욕망은 없었다. 주디의
결핍은 그 결핍을 초월해 정당화하는 격정적인 에너지로 직조되
어 있었다.

이를테면 첫 데이트를 하던 밤에 그랬던 것처럼 주디가 그의
어깨에 머리를 기대고 "대체 나는 뭐가 문제인지 모르겠어요. 어
젯밤에는 한 남자와 사랑에 빠진 것 같았는데 오늘은 당신과 사
랑에 빠진 것 같아요." 이렇게 속삭이면, 그에게 그 말은 너무도
아름답고 로맨틱하게 들렸다. 이는 그가 잠시 장악하고 소유하는

들뜨고 열광적인 설렘이었다. 하지만 일주일이 지나자 그는 이 일을 다른 각도에서 바라볼 수밖에 없었다. 주디는 그를 자신의 로드스터에 태우고 저녁 소풍을 갔다. 그러더니 저녁 식사 후에는 다른 남자를 그 로드스터에 태우고 사라져 버렸다. 덱스터는 어찌나 화가 나던지 함께 했던 사람들에게 예의를 차리는 게 어려울 지경이었다. 그 남자와 키스하지 않았다고 주디가 맹세를 했을 때 그녀가 거짓말을 하고 있다는 걸 알았다. 하지만 자신에게 애써 거짓말을 해서 내심 기뻤다.

여름이 다 가기 전에 알게 되었지만, 덱스터는 주디 주변을 맴도는 수많은 남자들 중 한 명일 뿐이었다. 그들 각각은 한 번씩은 누구보다 주디의 총애를 받았고, 그중 절반은 어쩌다 한 번씩 그 총애가 마음 내키는 대로 돌아오는 데에서 위안을 얻고 있었다. 오랫동안 소홀히 해서 누군가 떨어져 나가려는 기미가 보이면 주디는 그 남자에게 꿀 같은 시간을 짧게 하사해 주었다. 그러면 남자는 일 년 혹은 그 이상을 더 맴돌았다. 주디는 무력한 패잔병들에게 이런 몹쓸 짓을 악의 하나 없이 행했고, 실제로도 자신이 하는 짓이 나쁜 일이라는 생각도 별로 없었다.

새로운 남자가 동네에 나타나면 모두가 버림을 받았고, 데이트는 죄다 자동적으로 취소되었다.

이 상황을 어찌해보려 해도 주디가 알아서 하는 일이라 무기력

할 수밖에 없었다. 주디는 운동 법칙처럼 '이겨서 쟁취'할 수 있는 여자가 아니었다. 주디에게는 똑똑함도 먹히지 않았고, 매력도 먹히지 않았다. 이 중 어떤 쪽이라도 강력하게 주디에게 들이대면, 주디는 즉시 이 문제를 육체적인 매력으로 해결해버렸다. 그녀의 육체적인 황홀함이라는 마법 아래에서 강한 남자든 명석한 자든 모든 이가 자신의 게임이 아니라 주디의 게임을 해야 했다. 주디는 자신의 욕구가 기쁨을 가져다 주거나 자신의 매력을 직접적으로 행사할 때에만 즐거워했다. 아마도 너무 많은 젊은 사랑과 너무 많은 젊은 연인들을 거치면서 자신을 지키다 보니 내면에서부터 전적으로 자신만 키우게 되었는지도 몰랐다.

최초의 희열이 지나가고 불안함과 불만족이 덱스터를 잠식해 왔다. 주디에게 빠져 자신을 잃는 무기력한 극치감은 강장제라기보다는 마약과 같았다. 이러한 희열의 순간이 겨울 동안 그리 자주 오지 않아서 사업에는 다행한 일이었다. 관계 초기에는 마음을 다해 그와 그녀 둘 다 서로에게 한동안 끌렸던 듯했다. 어둠이 사위는 그녀의 집 베란다에서 보낸 긴 저녁, 늦은 오후 그림자 진 벽감이나 정원 정자의 넝쿨 받침대 뒤에서 나누는 야릇하고 노곤한 키스, 새로 시작되는 날처럼 맑게 수줍어하듯 그를 맞이하는 꿈처럼 신선한 아침. 그런 시간들은 첫 8월의 사흘 정도였다. 약혼을 기대하며 정점에 달하는 희열은 약혼이 없을 거라는 것을 깨달으며 더욱 강렬해졌다. 이 사흘 중 어느 하루엔가 그는 그녀에게 처음으로 청혼했다. 여자는 대답했다. "언제고 해요." 그러고는 "키스해 줘요."라고 말했다. "당신과 결혼하고 싶어요." 라고 말하기도 했다. "당신을 사랑해요."라고도 했다. 정작 그녀는 아무 말도 하지 않은 셈이었다.

사흘 후 한 뉴욕 남자가 주디의 집을 방문해 9월의 절반을 머물게 되면서 이 시간도 끝났다. 둘에 관한 소문이 퍼지면서 덱스터는 괴로웠다. 남자는 유명한 신탁 회사 사장의 아들이었다. 하지만 한 달이 끝날 즈음 주디가 하품을 하고 있다는 얘기가 전해졌다. 한 무도회장에서 주디가 잘생긴 동네 청년과 밤새 모터보트를 타는 동안 그 뉴욕 남자는 미친 듯이 그녀를 찾아 클럽을 뒤졌다. 동네 청년에게 주디는 방문객이 지루하다고 말했고, 이틀 뒤 그는 떠났다. 주디가 남자와 정거장에 있는 모습이 목격 되었는데, 남자는 너무도 상심한 표정이었다고 한다.

이쯤해서 그 여름이 끝났다. 덱스터는 스물네 살이었고, 자신이 원하는 일에서 승승장구하고 있었다. 그는 그 도시의 두 개 클럽에 가입을 했고, 그중 하나에서 살았다. 이 클럽들에서 그는 여성 동행이 없는 청년들 축에는 절대 끼지 않았지만, 주디가 나타날 것 같은 무도회에서는 손 뻗으면 춤출 수 있는 곳에 있었다. 사교 생활이야 원하는 대로 할 수 있었다. 능력 있는 젊은이에다 부유층 아버지들에게 인기도 좋았다. 주디 존스에 대한 그의 공공연한 헌신은 도리어 그의 입지를 다져주었다. 하지만 그는 사교계에 욕심도 없었고, 목요일이나 토요일 파티에 가지 못해 안달하거나 어린 부부들이 주를 이루는 만찬 자리에서 빈 자리를 채우며 춤추는 남자들을 경멸했다. 이미 그는 동부, 그러니까 뉴욕으로 진출하려는 생각을 하는 중이었다. 주디를 데려가고 싶었다. 그녀가 자라난 세계에 대한 어떤 환멸도 그녀를 소유하고 싶다는 그의 환상을 치유할 수는 없었다.

이 점을 명심하기 바란다. 오로지 이런 관점에서만 그가 주디를 위해 한 일을 이해할 수 있기 때문이다.

주디 존스를 만나고 18개월 후 덱스터는 다른 여성과 약혼을 했다. 아이린 스키러라는 여성이었다. 그녀의 아버지는 덱스터를 신뢰하는 남자들 중 한 명이었다. 아이린은 금발에 상냥하고 조신한 아가씨로 약간 통통했고, 두 명의 구혼자가 있었으나 덱스터가 정식으로 결혼을 청하자 기꺼이 그들을 거절해 버렸다.

여름이 가고, 가을이 가고, 겨울이 가고, 봄이 가고, 또 여름이 가고, 또 가을이 갔다. 구제불능인 주디 존스의 입술에 엄청난 열정을 가져다 바친 시간이었다. 주디는 흥미를 보이거나, 부추기거나, 악의를 보이거나, 무관심하거나 혹은 경멸조로 그를 대했다. 마치 그를 한번이라도 좋아했던 것에 복수라도 하듯이 셀 수 없이 많은 자잘한 멸시와 치욕을 그에게 가했다. 살랑살랑 오라고 꼬드기고는 하품을 해댔고, 다시 살랑거렸다. 그는 씁쓸하게 실눈을 뜨고 이에 응해야 했다. 그녀는 황홀한 행복감과 참을 수 없는 정신적인 고통을 선사했다. 말할 수 없는 불편과 결코 사소하다 할 수 없는 말썽들이 이어졌다. 그녀는 순전히 재미로 그를 모욕했고 짓밟았으며, 그가 일에 관심을 쏟지 못하게 자신에 대한 그의 관심을 가지고 놀았다. 그를 비난하는 것 외에는 그녀는 모든 짓을 했다. 비난만은 하지 않았는데, 그건 그녀가 진심에서 우러나 공공연히 드러내는 무관심을 훼손할지도 몰라서 그런 듯했다.

가을이 오고 또 지나가자, 이제 주디 존스를 얻을 수 없겠다는 생각이 들었다. 그 생각을 머리에 주입해야만 했고 마침내 자신을 납득시킬 수 있었다. 한동안 밤에 눈을 뜨고 누워 그 생각을 혼자 곱씹고 또 곱씹었다. 주디가 일으킨 문제와 고통을 스스로에게 말했고, 아내가 되기에 뻔히 부족한 자질들을 열거했다. 그러다가는 그녀를 사랑한다고 혼잣말을 하다 한참이 지나 잠이 들었다. 일주일 동안 전화에서 주디의 쉰 목소리가 들려온다 상상하지 않고 점심 자리 맞은편에서 그녀의 눈이 자신을 보고 있다 상상하지 않으려고 열심히 늦게까지 일했다. 그리고 밤에는 사무실에 가서 앞으로 어떻게 살지 계획을 했다.

일주일이 다 끝나갈 때 그는 춤을 추러 갔고 한 번 그녀와 얽혔다. 만난 후 거의 처음으로 덱스터는 그녀에게 옆에 와서 앉으라고 청하지도 않았고 그녀가 사랑스럽다고 말하지도 않았다. 주디가 그런 것들을 그리워하지 않는다는 점이 못내 상처가 되긴 했지만, 그게 다였다. 그날 밤 새로운 남자가 생긴 걸 보고도 질투심도 들지 않았다. 이미 질투를 하기에는 마음이 굳어 있었다.

그 클럽에 늦게까지 머물렀다. 아이린 스키러와 한 시간 동안 앉아서 책과 음악에 대해 이야기했다. 그는 책이든 음악이든 아는 게 별로 없었다. 하지만 이제 그는 자기 시간의 달인이 되어가기 시작하고 있었고, 자신, 그러니까 젊고 이미 너무도 성공한 덱스터 그린은 그런 주제들에 대해 더 많이 알아야 한다는 오만한 생각도 좀 있었다.

스물다섯이 되었고 10월에 접어들었다. 1월에 덱스터와 아이린은 약혼을 했다. 6월에 발표될 예정이었고, 이후 3개월 후에 결혼하기로 되어있었다.

미네소타의 겨울은 끝도 없이 계속되었고, 5월이 되어서야 바람이 순해지고 마침내 눈이 블랙 베어 호수로 녹아내렸다. 일 년여 만에 처음으로 덱스터는 정신의 평온을 느끼고 있었다. 주디 존스는 플로리다로 갔고, 핫스프링스에 들렀다고 했다. 어디에선가 약혼을 했다가 어디에선가 파혼을 했다. 처음에 덱스터가 그녀를 완전히 포기했을 때, 사람들이 자신과 그녀를 여전히 연관시켜 그녀의 안부를 묻는 일이 슬펐다. 하지만 만찬 자리에서 아이린 스키러 옆에 앉기 시작하자 이제 더 이상 그 누구도 주디에 대해 묻지 않았다. 대신 그녀의 이야기를 전해주었다. 그는 주디에 대한 관심을 껐다.

마침내 5월이 왔다. 덱스터는 어둠이 비처럼 질척이는 밤에 거리를 걷고 있었다. 어떻게 희열은 그렇게도 빨리, 그렇게도 해본 것도 없이, 그렇게나 많이 사라져 버렸는지 의아했다. 일 년 전 5월은 주디가 일으킨 쓰라리고 용서할 수 없는. 그러나 결국 용서해버린 혼돈으로 얼룩져 있었다. 그때는 그녀가 점차 자신에게 마음을 주게 될 거라고 착각을 하고 있던 보기 드문 시절이기도 했다. 서푼어치 행복에 빠져 충만한 만족감을 져버린 셈이었다. 아이린은 자신 뒤에 드리워진 커튼, 빛나는 찻잔을 젓는 손, 아이들을 부르는 목소리 정도의 존재 밖에 안된다는 것을 알고 있었다… 이제 불꽃과 사랑스러움은 가버렸고, 밤의 마법과 시시각각 달라지는 시간과 계절에 대한 경이감… 갸냘픈 입술이 아래로 드리워지며 그의 입술에게 다가와 그를 눈동자의 천국까지 인도해 주는 일… 그런 것들은 마음속 깊이 묻혀버렸다. 그러나 그런 감정들이 가벼이 소멸되기에는 그는 너무도 강하고 생동감 넘치는 사람이었다.

5월 중순에 접어든 날씨는 여름이 깊어지기 전 딱 좋은 며칠이 되었다. 아이린의 집에서 하룻밤을 보낸 참이었다. 이제 약혼 발표는 일주일을 남겨두고 있었고, 발표해도 놀랄 사람은 없었다. 그리고 그날 밤에 이들은 유니버시티 클럽에 나란히 앉아 춤추는 이들을 한 시간 정도 지켜볼 터였다. 그녀와 함께 하면 그는 유대감을 느꼈다. 아이린은 꾸준히 인기가 있었고, 몹시 '멋졌다'.

덱스터는 그 갈색 석조 건물의 계단을 올라가 안으로 들어섰다.

"아이린." 그가 불렀다.

스키러 부인이 그를 맞으러 거실에서 나왔다.

"덱스터, 아이린은 머리가 쪼개질 듯 아프다며 위층으로 올라갔네. 자네와 함께 가고 싶어 했지만 내가 잠자리에 들라고 했어."

"중요한 일이 있던 건 아닙니다. 저는⋯."

부인의 미소는 친절했다. 덱스터와 스키러 부인은 서로를 마음에 들어했다. 거실에서 그는 한동안 담소를 나누다가 작별 인사를 하고 일어섰다.

머물고 있던 유니버시티 클럽으로 돌아와 그는 한동안 문간에 서서 춤추는 이들을 지켜보았다. 그리고 문설주에 기대어 서서 한두 사람에게 고개를 끄덕여 인사를 하고는 하품을 하고 있었다.

"안녕, 자기."

팔꿈치 께에서 들리는 친숙한 목소리에 덱스터는 놀랐다. 주디 존스는 같이 있던 남자 곁을 떠나 방을 가로질러 다가왔다. 황금 옷을 입은 날씬하고 빛나는 인형 같았다. 머리에는 황금빛 헤어밴드를 하고, 뾰족한 황금빛 구두가 드레스 단 아래로 코를 내밀고 있었다. 그녀가 미소 짓자 황금빛 광채로 그 얼굴이 은은하게 빛나는 것 같았다. 따뜻한 미풍이 불고 빛이 방안을 스쳐갔다. 디너 재킷 호주머니에 넣고 있던 손들이 별안간 단단해졌다. 덱스터는 갑작스레 흥분에 휩싸였다.

"언제 돌아왔어?" 그가 태연하게 물었다.

"이리로 와 봐, 그럼 얘기해 줄게."

　주디는 돌아섰고, 덱스터는 그 뒤를 따라갔다. 그녀는 한동안 떠난 사람이었다. 그녀가 돌아왔다는 경이에 그는 울 것만 같았다. 도발적인 음악처럼 그녀는 마법에 걸린 거리를 지나쳐 가버렸었다. 모든 신비스러운 일들과 모든 신선하고 설익은 희망들이 그녀와 함께 사라졌다가 이제 그녀와 함께 돌아왔다.

　문간에서 주디는 돌아섰다.

"차 가져왔어? 당신 차가 없으면 내게 차가 있어."

"쿠페가 있어."

　그녀가 황금 옷자락을 사락거리며 차에 탔다. 그는 차 문을 탕 닫았다. 이렇게 혹은 저렇게 그녀는 수많은 차에 올라타서는 가

죽 등받이에 몸을 기대고 차에 팔꿈치를 괸 채 기다렸을 것이다. 그녀를 오염시킬 것이 존재했다면 자신만 빼고는 이미 오래전에 오염되었을 터였다. 하지만 이번에는 그녀 스스로 감정을 발산하고 있었다.

덱스터는 애써 차의 시동을 걸고 다시 거리로 나갔다. 이건 아무것도 아니야, 그는 명심해야 했다. 그녀는 전에도 이런 적이 있어. 회계 장부에서 틀린 계산을 지워버리듯 그녀를 잊지 않았었던가.

그는 정신이 딴 데 팔린 상태로 천천히 시내로 차를 몰았고 비즈니스 가의 버려진 거리들을 가로질렀다. 영화가 끝나고 몰려나오는 사람들이 여기저기 서성였고, 젊음을 불사르고 싶거나 때려 부수고 싶은 젊은이들이 당구장 앞에서 서성거리고 있었다. 유약을 바른 유리창 너머 뿌옇고 노란 불빛이 비치는 회랑같은 술집에서 술잔이 쨍그랑 부딪히는 소리와 바에 앉아 손으로 철썩 치는 소리들이 들려왔다.

주디가 그를 골똘히 쳐다보고 있었다. 침묵은 당황스러웠다. 하지만 이러한 위기 중에 그는 이 시간을 불경하게 만드는 어떤 태연한 말도 찾을 수가 없었다. 편한 곳에서 차를 돌린 후 그는 다시 유니버시티 클럽까지 지그재그 운전해 가기 시작했다.

"나 보고 싶었어?" 주디가 불쑥 물었다.

"모두가 당신을 보고 싶어 했지."

주디가 아이린 스키러에 대해 아는지 궁금했다. 돌아온 지 하루밖에 되지 않았고, 그녀가 자리를 비운 기간은 그의 약혼 기간과 거의 맞아떨어졌다.

"어쩌면 그렇게 말을 해?" 주디가 구슬프게, 그러나 슬픔은 없이 웃었다. 그녀는 무언가를 찾듯 그를 쳐다보았다. 그는 자동차 계기판에 빨려 들어갈 것 같았다.

"전보다 더 핸섬해졌네." 생각에 잠긴 듯 주디가 말했다. "덱스터, 당신 눈이야말로 가장 잊을 수 없는 눈이지."

이 말에 웃을 뻔했지만 그는 웃지는 않았다. 대학교 2학년짜리 한테나 할 법한 말이 아니던가. 하지만 이 말은 그를 찔렀다.

"난 모든 일이 다 진절머리가 나, 자기." 주디는 모두를 자기라고 부르면서 그 다정한 표현에 무심하고 개인적인 동지애를 부여했다. "당신이 나와 결혼했으면 좋겠어."

대놓고 이런 말을 하면 혼란스러웠다. 다른 여자와 결혼할 거라는 말을 했어야 했다. 하지만 할 수가 없었다. 이게 쉬웠으면 그녀를 사랑한 적이 없다는 맹세도 쉬웠으리라.

"우리는 잘 지낼 거 같아." 주디가 같은 어조로 말을 이었다. "당신이 나를 잊어버리고 다른 여자와 사랑에 빠진 것만 아니라면."

주디의 자신감은 뻔뻔하게도 엄청났다. 사실 그녀는 다른 여자와의 사랑 따위는 믿을 수 없다며, 그게 사실이라면 그건 그가 단지 어린아이같이 철부지 행동을 하는 거라고, 그것도 뽐내려고 그러는 거라고 말하지 않았었던가. 그 일은 중요하지 않고 그저 가볍게 털어버릴 일이라서 그녀는 그를 용서할 수 있었다.

"물론 나 말고 다른 이를 사랑할 순 없었을 거야." 주디가 계속 말을 했다. "나는 당신이 나를 사랑하는 방식이 좋아. 아, 덱스터, 작년을 잊었어?"

"아니, 안 잊었어."

"나도 잊은 적 없어!"

주디는 진심으로 감동을 받은 걸까, 아니면 자신이 하는 행동의 여파에 휩쓸린 걸까?

"다시 그때처럼 지냈으면 좋겠어."

그 말에 덱스터는 힘들게 대답했다.

"그럴 수 없을 것 같아."

"그렇게 안 되겠지…. 당신이 아이린 스키러와 급하게 사귀었고 들었어."

주디가 딱히 아이린의 이름을 강조해 말한 것은 아니었지만, 덱스터는 문득 부끄러워졌다.

"음, 나를 집에 데려다 줘." 주디가 갑자기 외쳤다. "저 멍청한 댄스장으로 돌아가지 않을래. 온통 애들뿐이잖아."

그리고 그가 주택가로 이어지는 거리로 접어들자 주디는 조용히 흐느끼기 시작했다. 덱스터는 주디가 우는 모습을 본 적이 없었다.

어두운 거리에 불이 밝혀져 있었고, 부자들이 사는 집들이 주변에서 뿌옇게 이들을 감싸고 있었다. 그는 모티머 존스의 거대한 화이트 저택 앞에 쿠페를 세웠다. 웅장하고 아름다운 저택은 축축한 달빛의 화려함에 젖어 잠들어 있었다. 그 견고함에 덱스터는 놀랐다. 튼튼한 벽, 강철 대들보, 그 저택의 넓이와 광채와 장관이 덱스터 옆에 있는 아름다운 아가씨와 대조를 이루고 있었다. 마치 나비의 날개가 바람을 자아내는 것처럼 그녀의 연약함을 두드러지게 하는 웅장함이었다.

그는 한 마디도 하지 않고 조용히 앉아 있었다. 그러나 내면은 거칠게 혼돈 속을 질주하고 있었고, 조금이라도 움직이면 그녀를 어쩔 수 없이 품에 안아버릴까 봐 두려웠다. 두 줄기 눈물이 주디의 뺨을 타고 주르르 흘러 윗입술에 맺혀 떨렸다.

"난 그 누구보다도 예뻐." 주디가 더듬거리며 말했다. "그런데 왜 나는 행복할 수 없지?" 그녀의 눈물 젖은 눈에 그는 더 이상 평정을 지킬 수가 없었다. 그녀의 입이 미묘한 슬픔을 머금고 천천히 아래로 드리워졌다. "당신이 나를 갖겠다면 난 당신과 결혼할게, 덱스터. 나를 가질 가치가 없다고 생각할지도 모르지만, 나는 당신을 위해 아름다울게, 덱스터."

분노와 자존심과 열정과 증오와 다정함이 뒤섞인 수백만 마디의 말이 그의 입술에서 맴돌았다. 그리고 완벽한 감정의 파도가 그를 덮치며, 지혜와 관습과 의심과 명예의 침전물 따위를 죄다 쓸어가 버렸다. 여기 그의 여자가, 그만의 여자가, 그의 아름다운 여자가, 그의 자부심이 말하고 있지 않은가.

"들어오지 않을래?"

그녀가 숨을 급히 들이마시는 소리가 들렸다.

기다렸다.

"좋아." 그의 목소리가 떨리고 있었다. "들어갈게."

5

그 일이 끝나고 한참이 지나고서도 그날 밤을 후회하지 않았다는 건 이상한 일이었다. 10년이라는 세월을 두고 볼 때, 덱스터를 향한 주디의 열정이 채 한 달도 못 갔다는 사실은 그리 중요하지 않았다. 주디에게 굴복함으로써 결국 그는 더더욱 큰 고통에 빠지게 되었고 아이린 스키러와 그에게 친절했던 그녀의 부모들에게 엄청난 상처를 주었다는 것도 중요하지 않았다. 아이린의 슬픔은 그의 뇌리에 남을 만큼 인상적인 구석도 없었다.

덱스터는 중심이 단단한 사람이었다. 그의 행동에 그 도시 사람들이 어떤 태도를 취했는지는 그에게 중요하지 않았다. 그 도시를 떠날 예정이었기 때문이 아니라 이 상황에 대한 어떤 외부의 태도도 그저 피상적이었기 때문이었다. 그는 세간의 의견에 철저히 무관심했다. 주디를 근본적으로 감동시키거나 붙잡을 힘이 자신에게 없다는 것을 알았을 때도 그는 그녀에게 악의를 품지 않았다. 덱스터는 그녀를 사랑했고, 너무 늙어서 사랑하지 못하게 될 때까지 사랑할 터였다. 하지만 그는 그녀를 가질 수가 없었다. 그는 짧고 깊은 행복을 맛본 대신, 강한 자에게만 예비된 깊은 고통 또한 맛보았다.

아이린에게서 '그를 빼앗고' 싶지 않다며 다른 파혼의 이유가 없었던 주디가 터무니없는 거짓말을 근거로 파혼을 강행한 일도 그를 흔들지는 못했다. 덱스터는 일이 어떻게 뒤집혀도, 어떤 즐거운 일이 일어나도 그에 초연해 있었다.

그는 세탁 사업체를 팔고 뉴욕에 정착하려고 2월에 동부로 갔다. 하지만 3월에 미국이 전쟁에 참전하면서 덱스터의 계획도 틀어졌다. 그는 서부로 돌아와 파트너에게 사업체의 경영권을 넘겨주고 4월 말에 장교 훈련소에 입소했다. 그는 복잡하게 꼬인 감정의 거미줄에서 해방된다는 기쁨에 적잖이 안도하며 전쟁을 맞이한 수천 명의 젊은이 중 한 명이었다.

6

명심하시라. 이 이야기는 덱스터의 전기가 아니다. 비록 그가 어릴 적 가졌던 꿈과 아무런 관련이 없는 일들이 끼어들기는 했다. 이제 이 이야기는 거의 끝났고, 그에 대해서 더 할 이야기도 없다. 아직 풀어놓을 이야기가 하나가 더 남았다. 7년이 지난 후의 이야기이다.

뉴욕이었다. 덱스터는 승승장구하고 있었다. 너무 잘나가서 그가 넘지 못할 장벽이란 없었다. 이제 서른두 살이었고, 전쟁 직후 한 번의 비행 여행을 제외하고는 7년 동안 서부에 발을 들인 적이 없었다. 그러다 디트로이트에서 왔다는 데블린이라는 이름의 남자가 사업 얘기를 하러 그를 만나러 왔다. 그리고 그때 이 사건이 벌어졌다. 그의 삶의 한 페이지가 그렇게 접혔다.

"아, 그러면 중서부 출신이시군요." 데블린이 경솔한 호기심을 보이며 말했다. "재밌네요. 당신 같은 사람들은 월스트리트에서 태어나 자랐을 거라 생각했는데요. 저기, 디트로이트의 내 절친 중 한 사람의 아내가 당신 고향 출신이에요. 내가 그 결혼식에서 안내인 역할을 했죠."

덱스터는 무슨 말이 나올지 전혀 걱정하지 않고 기다렸다.

"주디 심스라고요." 데블린이 대수롭지 않게 말했다. "결혼 전 이름이 주디 존스였지요."

"네, 아는 사람이에요." 멍한 조바심이 속에서 퍼져 나갔다. 그는 물론 주디가 결혼했다는 소식을 이미 들어서 알고 있었지만 일부러 더 들으려고 하지 않았었다.

"정말 멋진 여자지요." 별 의미도 없이 데블린이 말했다. "좀 유감스럽기도 해요."

"왜요?" 덱스터 속의 무언가 즉시 긴장하며 예민해졌다.

"음, 루드 심스는 어떻게 보면 망나니라서요. 아내를 학대한다는 뜻은 아니고요. 다만 술을 마시고 바람을 피우고 다니죠."

"부인이 바람피우고 다니는 게 아니고요?"

"아뇨. 집에 애들이랑 있어요."

"아."

"루드 부인이기엔 나이가 너무 많지요." 데블린이 말했다.

"너무 늙었다니요?" 덱스터가 외쳤다. "이제 고작 스물일곱인데요!"

그는 거리로 뛰쳐나가 디트로이트로 가는 기차를 타고 싶다는 미친 생각에 사로잡혔다. 그는 별안간 일어났다.

"바쁘신 것 같군요." 데블린이 재빨리 사과했다. "제가 몰랐습니다…"

"아뇨. 바쁘지 않습니다." 덱스터가 목소리를 가다듬으며 말했다. "하나도 안 바쁩니다. 전혀요. 주디 심스가 스물일곱이라고 했지요? 아니, 스물일곱이라고 한 건 저지요."

"네, 그러셨어요." 데블린이 사무적으로 맞장구를 쳤다.

"계속 얘기해 보세요. 계속요."

"무슨 말 말입니까?"

"주디 존스에 대해서요."

데블린은 어쩔 수 없다는 듯 덱스터를 쳐다보았다.

"뭐, 할 얘기는 다 한 것 같습니다. 루드는 아내에게 악마처럼 굴어요. 뭐 그런다고 이혼하거나 하지는 않을 겁니다. 그가 유별나게 도가 지나치게 굴면, 아내가 용서하니까요. 사실 남편을 사랑한다고 생각합니다. 디트로이트에 처음 왔을 때에는 아름다웠지요."

예뻤다고! 이 말은 덱스터에게는 너무도 터무니없이 들렸다.

"더 이상은 예쁘지 않나요?"

"아, 봐 줄만 하지요."

"이보세요." 덱스터가 갑자기 앉으며 말했다. "이해가 안 됩니다. 주디가 예뻤다고 그러시고, 또 지금은 봐 줄만 하다고 그러시는데, 무슨 말인지 모르겠습니다. 주디 존스는 그냥 예쁜 여자가 아니었어요. 절세 미녀였어요. 내가 그 여자를 알았다고요, 내가. 그 여자는…."

데블린이 즐겁게 웃었다.

"말다툼을 하려는 건 아닙니다." 그가 말했다. "주디는 멋진 여성이고, 저도 좋아합니다. 루드 심스와 같은 남자가 어떻게 그런 여자와 미친 듯한 사랑에 빠졌는지 이해가 안 됩니다만, 그렇게 됐습니다." 그리고 그는 한 마디 덧붙였다. "여자들 대부분도 주디를 좋아해요."

덱스터는 데블린을 유심히 쳐다보며, 이 남자가 이러는 데에는 필경 이유가 있을 거라고, 이 자는 무신경하거나 사적인 악의가 있는 거라는 생각을 했다.

"많은 여자들이 그렇게 시듭니다." 데블린이 손가락을 튕겨 보였다. "그런 거 본 적 있으실 겁니다. 아마도 주디가 결혼식에서 얼마나 아름다웠는지 제가 잊었나 봅니다. 그 이후 너무 많이 봐서요. 주디는 눈이 참 매력적이죠."

멍한 기운이 덱스터 안에 자리 잡았다. 태어나서 처음으로 그는 취하고 싶은 심정이었다. 데블린이 무슨 말을 했고 그 말에 자신이 큰 소리로 웃고 있다는 것은 알고 있었지만 어떤 말 때문에 웃는지 혹은 왜 그 말이 웃긴지 알 수가 없었다. 몇 분 후 데블린이 떠나자, 덱스터는 자기 휴게실에 누워 창 밖 뉴욕의 스카이라인을 보았다. 태양이 분홍과 황금빛으로 어우러지며 아련한 석양으로 지고 있었다.

더 이상 잃을 것이 없었기에 자신이 마침내 어떤 일에도 상처받지 않게 되었다고 생각하고 있었다. 하지만 주디 존스와 결혼해서 그녀가 자신의 눈앞에서 시들어가는 것을 봤더라면 잃을 게 더 있었을 거라는 생각이 들었다.

꿈은 사라졌다. 무언가를 빼앗겼다. 극심한 공황이 찾아와 그는 손바닥을 눈에 대고 눌렀다. 셰리 아일랜드에서 철썩이던 물결, 달빛이 비치던 베란다, 골프장 코스의 깅엄 골프복, 타오르는 태양과 그녀의 목 안쪽 깊은 곳 황금빛 솜털의 모습을 떠올리려 애썼다. 그의 키스에 젖어 들던 그녀의 입, 멜랑콜리하게 처연해 보이던 그녀의 눈, 아침이면 느껴지던 갓 내온 새 리넨 같은 그녀의 청량함. 이러한 것들이 더 이상 세상에 존재하지 않았다! 존재했었으나, 더 이상은 아니었다.

여러 해 만에 처음으로 눈물이 얼굴에 주르륵 흘러내렸다. 하지만 이 눈물은 자신을 위한 눈물이었다. 눈물로 눈과 입이 엉망이 되었고 바쁘게 손으로 닦아내는 일 따위 아무렇지 않았다. 신경쓰고 싶었지만, 그럴 수 없었다. 이제 그는 영원히 사라지고 없었고 다시 돌아올 수 없었다. 문은 닫혔고, 태양은 지고 없었다. 영원을 버틸 것 같은 강철의 회색빛 아름다움 외에 이제 남은 아름다움이라고는 없었다. 짊어질 수 있었던 슬픔조차 이제는 환상과 젊음과 풍성한 생명의 나라, 그의 겨울 꿈이 무르익던 나라에 두고 와버렸다.

"오래전에." 그가 말했다. "오래전에, 내 안에 무언가 있었어. 그런데 이제 그것들은 사라졌지. 영원히 사라져 버렸어, 이젠 가 버렸어. 올 수가 없어. 아무렇지도 않아. 더 이상 그건 돌아오지 않아."

역자 후기

역자 후기

　삶의 표면을 멋지게 유영하면서 사는 삶이 어떤 것인지 알고 싶으면 재즈 에이지(The Jazz Age)의 플래퍼(flapper)들과 그녀들과 함께 춤을 추던 보(beau), 미남자들을 생각하면 된다. '블링블링 (bling bling)'이라는 단어가 2천 년대 초에 처음 등장했을 때 사실 나는 이 표현은 재즈 시대에 어울리는 말이라는 생각을 했었다. 그 시대가 딱 그런 시대이다. 빛나는 삶의 표면을 멋지게 유영하는 삶들이 있었던 시대.

　그리고 이 재즈 시대의 대표적인 작가, 한 시대를 정의하는 용어를 아예 만들어버린 작가는 F. 스콧 피츠제럴드 (F. Scott Fitzgerald)이다. 그가 처음 원고를 스크라이브너 출판사에 보내왔을 때, 편집자들의 첫 반응은 '애가 쓴 책 (a boy's book)'이었다. 퍼킨스 (Perkins)만이 피츠제럴드에게 있는 재능을 알아보았다. 어쩌면 시대정신을 관통하는 주제의식을 알아보았다고 하는 게 더 맞는 말 같다.

　물질주의와 사람들의 욕망이 어우러져 찬연하게 빛나는 이미지들은 고도로 발달한 미디어와 소셜 미디어가 횡행하는 이 시대에 외려 더 중요한 것 같다. 누군가는 그래서 이 시대를 신도금시대(New Gilded Age)라고 부르기도 한다. F. 스콧 피츠제럴드가 재소환되어야 하는 지점은 바로 이 부분이기도 하다.

사실 F. 스콧 피츠제럴드는 삶의 표면을 멋지게 그린다는 편견의 희생자이기도 하다. 그가 삶의 표면을 눈부시게 그린 것은 맞다. 그러나, 그게 그의 전부는 아니다. 환상은 환멸과 샴쌍둥이이기 때문이다. 환상을 좇는 자는 반드시 환멸에 머리를 박게 되어 있다. 피츠제럴드는 찬연하게 빛나는 삶의 표면 아래 처절한 환멸의 구렁텅이도 기가 막히도록 잘 그리고 있다. 본인이 그렇게 살았기 때문이라고 말하면 더 슬퍼지기도 한다. 가장 아름다운 여인이라는 환상을 직접 그 누구보다도 치열하게 좇아보았고, 가장 아름다운 여인과 사는 행복과 저주를 동시에 다 겪었고, 명예와 부를 치열하게 좇아 그 정점을 누려보았으며 동시에 그로 인해 빚에 시달리는 구렁텅이에서 오래 허덕였던 삶이었다.

『행복의 나락』에 실린 단편들은 환상과 환멸이라는 샴쌍둥이를 잘 그리고 있다. 제목조차 '행복'에 따라오는 '나락'이지 않은가. 주로 아름다운 여인을 좇는 남자의 환상이지만, 아름다운 남성을 좇는 여자의 환상 (새로 돋은 잎) 역시 다루고 있다. 불과 세 시간에 걸친 환상과 환멸의 변주 (비행기 환승 세 시간 전에)가 있는가 하면, 수십 년에 걸쳐 환상이 환멸로 변하는 경험 (겨울 꿈과 오, 붉은 머리 마녀)도 실려 있다. 환상으로 시작해 환멸로 끝난다고 실망할 필요는 없다. 우리 삶에서 환상에 환멸이 따라오는 전개는 시간 순이지만, 우리 삶의 의미는 시간 순과 무관하지 않은가. 환멸을 겪으면서도 환상을 끝까지 놓지 않는 능력, 피츠제럴드의 위대함이 여기에 있는 것처럼 우리 삶의 의미도 이 샴쌍둥이를 잘 껴안을 때 드디어 생겨난다고 믿는다. 단편 '행복의 나락'의 남녀 주인공이 환상과 환멸을 둘 다 품에 안고 잘 추스르는 아름다운 모습을 보여주고 있다.

사방에서 명멸하는 빛나는 이미지에 둘러싸여 사는 현대인들이 재소환된 피츠제럴드의 글들을 통해 자신의 삶 속에서 환상과 환멸의 변주를 잘 이루어 내시기를, 부디 환상에 너무 치우쳐 불협화음으로 환멸 속에 추락하지 않으시기를 빈다.

끝으로, 내게 학부시절 처음 F. 스콧 피츠제럴드의 『위대한 개츠비』를 가르치신 고 장영희 교수님께 감사를 드린다. 이 작품들을 번역하며 그 시절 공부했던 원서를 꺼내 장 교수님의 해설을 받아 적은 메모를 다시 보는 기쁨이 있었다. 이 책을 번역할 기회를 준 녹색광선의 박소정 대표에게도 감사드린다. 번역하는 과정에서 느끼는 행복과 나락(?)의 여정을 걸음마다 같이 해준 동지애와, 번역 이외의 삶에서 내 삶의 변경을 넓혀주는 멋진 우정에 감사한다.